U0128078

宋代文學故事

【下冊】

宋代文學故事（下）目次

蘇軾：詩書雙絕，多才多藝

蘇軾是一個多才多藝的人，他不僅在詩、詞、散文等文學領域，而且在書法、繪畫等藝術領域，都有巨大的成就。

蘇軾是宋代文學史上的大家，他上承王禹偁、歐陽修的現實主義創作風格，以其突出的創作成就，成為繼歐陽修之後傑出的文壇領袖。

蘇軾具有多方面的才能，詩、詞、文、畫無所不通，無所不精。他以豐富而廣泛的創作實踐完成了歐陽修領導的北宋詩文革新運動，並把這種革新精神擴展到歌詞的創作領域，進一步開拓了詞的意境，把歌者之詞變成了「自是一家」的文人之詞，轉變了從晚唐五代到宋初以婉約為主的詞風，影響極為深遠。

宋代有許多書法家，如范仲淹、蔡襄、米芾、黃庭堅等，其中仍以蘇軾最為有名。他認為，文貴自然，書法也貴自然。他說：「我書意造本無法，點畫信手煩推求。」蘇軾的書法肉豐骨勁，外拙內美，端莊秀麗。當時的人推崇備至，很多人千方百計地搜集蘇軾的墨跡。

蘇軾任翰林學士的時候，常在宮裡住。有個特別崇拜蘇軾的人，賄賂了給蘇軾當差的太監，蘇軾所寫的每一張紙片，他都以十斤羊肉的價錢買下來。蘇軾有時在紙上隨手亂划，寫了就丟了，別人卻當寶貝一樣珍藏起來。蘇軾自己說：「平生好書仍好畫，書牆涴壁長遭罵。」「長遭罵」是不可能的，最多也就是蘇軾的客氣話。他在別人牆上隨意揮抹幾筆，主人正是求之不得，誰還會罵他呢？

一次，蘇軾的幾個朋友在他家住，其中有蘇門四學士之一的張耒。他們晚上閒著沒事，就翻弄蘇軾的幾個舊箱子。突然張耒高興地叫了起來，原來他找到了一張紙，上面的筆跡是蘇軾的，還隱約可以辨認。仔細一看，原來是蘇軾貶居黃州期間所寫的〈黃泥阪詞〉。有的地方已經汙損，連蘇軾自己都不能辨認。張耒喜出望外，他趕緊抄寫了一遍，把抄的那份交給蘇軾，自己則保留了真跡。駙馬王詵聽說了這件事，為自己沒有得到而倍感遺憾。他給蘇軾寫了一封信，信中說：「我早晚都在收購你的筆墨，如果有剛寫的，請馬上給我，免得我花費很多錢到外面去買。」

宋徽宗時期，皇家開始搜集蘇軾的手稿，懸價一篇賞錢五萬文。太監梁師成付錢三十萬文，購買潁州橋上雕刻的蘇軾所寫的碑文，其實早已有人將其偷偷地隱藏起來了。不過這筆錢在當時來說，實在已是天文數字。還有人出五萬錢購買蘇軾為一位學者所題匾上的三個字。蘇軾的手筆，在當時已是珍貴至極。

蘇軾的繪畫，也同他的書法一樣有名。他自幼就仰慕吳道子。吳道子的畫有一種獨特的風格。蘇軾曾說，對於別人的畫，他還不一定能判斷真偽，「至於道子，望而知其真偽也」。

蘇軾對書畫的熱愛，受其父親蘇洵的影響很大。蘇洵是一個藝術鑑賞家，他平生沒有別的嗜好，唯獨喜愛藝術品。他並不富有，但為了購買藝術品，可以不惜任何代價。一次，他在街上看到一塊木山，非常喜歡，愛不釋手。因為身上沒帶錢，就把自己穿的貂皮衣裳脫下來，換了這塊木山。父親的這種癡迷，對蘇軾的影響很大，使他一生與書畫結緣。

蘇軾有很多精通書畫的朋友。他們經常在一起聚會，吟詩作畫。最有名的一次是「西園雅集」，共有十六位名家相聚在駙馬王詵的家中。蘇軾頭戴高帽，身穿黃袍，正在龍飛鳳舞，王詵在旁邊觀看。另一張桌子上，李龍眠在寫一首和陶詩，蘇轍、黃庭堅、張耒、晁補之圍在桌旁，米芾則仰著頭，在一塊岩石上題字。

蘇軾在杭州任通判的時候，處理過一個案件。被告是一個年輕人，被控欠債不還。年輕人說，自己家裡是賣扇子的，因去年父親去世，向商人借了一筆債，今年春天一直在下雨，生意很蕭條，並不是故意賴賬。蘇軾很同情這個年輕人，他思索了一下，突然看到桌上的筆硯，就靈機一動，說：「你把扇子拿來，我給你賣。」年輕人拿來二十把扇子，蘇軾拿起桌上的筆，幾下就畫出了枯竹和岩石。不一會兒的功夫，蘇軾畫完了，對那年輕人說：「拿去還賬吧。」年輕人喜出望外，沒想到自己有這樣的好運氣，抱起扇子就往外跑。誰知外邊早已傳開了蘇軾畫扇的事，年輕人還沒走出衙門口，就被一大群人圍了起來，爭著以一千文錢買一把扇子。沒過幾分鐘，扇子就賣完了。晚到一步的，連連遺憾不已。

蘇軾作畫也如他的詩文一樣，一旦下筆，揮灑自如，絕無滯礙，片刻之間即畫成。他談論自己的書畫時說：「我的畫雖然並不是最好，但有新意，並不辱沒古人。」

蘇軾很注意觀察細節。他曾講過一件事，說四川有一個繪畫收藏家，在他收藏的一百多幅名畫中，最珍惜戴嵩畫的鬥牛圖。一天，這個收藏家在院子裡曬畫，一個牧童碰巧從這裡經過，他向那幅畫看了一會兒，突然搖頭大笑。人們問他為何發笑，牧童回答說：「牛相鬥時，尾巴一定緊緊夾在後腿中間，這張畫上牛尾巴卻直立在後面！」蘇軾總把這個故事掛在口頭上，時時和朋友們說起。

當時有一個有名的花鳥畫家黃筌，他對鳥的習慣觀察有錯誤，蘇軾因此很看不起他，認為即使筆法再好，畫錯了又有什麼用。在真實的基礎上，蘇軾認為畫中的事物應該能傳神，而不是單純的畫得像。

時人對他的書畫都很愛好。一次他在郭正祥家畫竹石，郭正祥高興極了，不僅作了一首詩表示感謝，而且還送給他兩把古銅劍。蘇軾去世後，他的畫成了收藏家手中的珍品。金人攻下京師的時候，點名要奪取蘇軾的書畫，作為戰利品的一部分，因為蘇軾的名氣在他還活著時，就已傳到了塞外。

蘇軾還精通醫藥。在惠州時，他患了很嚴重的痔瘡，失血很多。他就自己發明了一種治療方法：只吃不加鹽的麥餅和玉蜀黍餅，別的食物一概不吃。這樣過了幾個月，病就好了。惠州瘴毒很厲害，他就把薑、蔥、豆豉三樣東西放在一起煮，用來治療瘴毒，並向當地人民推薦。他幾乎讀遍了中國的醫書，並把旁人難以分清的藥草寫上文字，以說明其不同的性質。在儋州的時候，他閒來無事，便到鄉間去採藥。他還考訂出一種藥草，在古書上是用別的名字提過，別人都沒有找到，卻讓他找到了。他因此而十分得意，高興了好幾天。

蘇軾對炊事技術也十分有研究，他喜歡自己做飯吃。在黃州期間，他曾寫過一篇〈豬肉頌〉。文中他講了一個烹豬肉的方法：把肉用很少的水煮開後，用文火烹上幾個小時，並

放上醬油。他把這種肉切成四四方方的小塊，送給當地百姓吃，這可能就是「東坡肉」的由來。

還有一種青菜湯，叫東坡湯，他推薦給貧窮的和尚吃。方法是用兩層鍋，下面是湯，上面是米飯，湯裡有白菜、蘿蔔、油菜根、芥菜，並放點薑。米飯在菜湯上蒸，飯菜同時做熟。

蘇軾還會製墨、釀酒等等。蘇軾真可謂是多才多藝，既是我國歷史上傑出的大文學家，又是北宋書法四大家之一、湖州派畫家，更兼精通藥理、飲食等多方面。一個人能夠有這麼多方面的才能，真是令人敬佩。

蘇軾具有多方面的才能，詩、詞、文、畫無所不通，無所不精。他以豐富而廣泛的創作實踐完成了歐陽修領導的北宋詩文革新運動，並把這種革新精神擴展到歌詞的創作領域，進一步開拓了詞的意境，把歌者之詞變成了「自是一家」的文人之詞，轉變了從晚唐五代到宋初以婉約為主的詞風，影響極為深遠。

晏幾道：狂放的「四痴」詞人

晏幾道，字叔原，號小山，江西臨川人。大約生於仁宗天聖八年（一〇三〇年），卒於徽宗崇寧五年（一一〇六年）。他是北宋傑出的詞人，和其父晏殊並稱「二晏」。著有《小山詞》，世稱「晏小山」、「小晏」。

宋朝對文官們給予極其優厚的待遇，甚至到了「恩逮於百官者唯恐不足」的程度。晏幾道的父親晏殊，不僅仕途順利，歷居顯職，成為有名的太平宰相，而且在文學上有著深湛的藝術修養，是一個風流儒雅的典型士大夫。這對晏幾道在文學上的成長和創作風格的形成，無疑會有很大的影響。除了有機會飽讀家中收藏的大量詩書典籍外，更能接觸到當時許多有名的文人墨客。在父親宴請賓朋時，幾道就和他們一起飲酒吟詩，潛移默化中，就豐富了自己的學識。

但同時，他也看到了上層社會中令人生厭的汙濁現實和官場的庸劣黑暗。身為富家公子的晏幾道自然非常鄙視那些附庸權貴的文人們。但是他每日吃穿不愁，對於社會上的實際人生，缺少一種真正的體驗和認識。於是，便只是在他生活的小圈子內追求著一種純美潔淨的境界。

他性情孤高自傲，天真狂放，卻又情感豐富，常常把純真的感情寄託於身邊的朋友，乃至被視為「賤民」的歌兒舞女。在他們身上，他寄予一種真、善、美的理想。如「小蓮未解論心素，狂似鈿箏弦底柱。臉邊霞散酒初醒，眉上月殘人欲去。」（〈木蘭花〉）

晏幾道對朋友一往情深，始終不渝。分離懷念時：「相尋夢裡路，飛雨落花中」；久別重逢後：「今宵剩把銀釭照，猶恐相逢是夢中」；當朋友辜負了他，同他決絕之後，他對人仍是一如既往，把信賴、同情和諒解融注在柔腸寸斷的詞中：

> 離多最是，東西流水，終解兩相逢。淺情終似，行雲無定，猶到夢魂中。可憐人意，薄於雲水，佳會更難重。細想從來，斷腸多處，不與者番同。
>
> ——〈少年遊〉

這種毫無怨恨的強烈思念，是怎樣的一種「痴」情啊！

晏幾道生活在宰相府中，平時多半時間是在舞榭歌筵、花前月下和朋友們、歌女們一塊玩樂中度過的。他喜歡身邊摯友們的真純，厭棄一味追求功利的士大夫們。由於他「不圖苟合」，不懂得營生處世的手段，雖然是堂堂宰相的兒子，但卻仍在仕途上一直不得意，家世的煊赫並沒給他帶來多少好處。黃庭堅曾說他「不受世之輕重」（〈小山詞序〉）。因此他最高只做過潁昌府（今河南許昌）許田鎮的監官。

他磊落尚氣，不願攀高附貴，不願各方應酬，更不願憑藉父親的大招牌走後門，弄個一官半職。再加上他從小過慣了放縱不羈、少有檢束的生活，「往者浮沉酒中」（〈小山詞自序〉）。這樣，不免在現實的社會面前碰壁。

在監許田鎮時，他曾手寫自作長短句，上府帥韓維，韓維回書說：「得新詞盈捲，蓋才有餘而德不足者，願郎君捐有餘之才，補不足之德，不勝門下老吏之望。」這正是黃庭堅所說：「諸公雖愛之，而又以小謹望之，遂陸沉於下位。」就連在元祐三年（一〇八八年），蘇軾憑黃庭堅介紹，想會見他，他也謝絕說：「今日政事堂中半吾家舊客，僕未暇見也。」這在當時人們的眼中，也是所謂「癡」的吧？

晏幾道「流連光景」，其詞不離酒邊花間的路子。他自己說：「往與二三忘名之士，浮沉酒中，病世之歌詞，不足以析酲解慍，試續南部諸賢，作五字、七字語，期以自娛。不皆敘所懷，亦兼寫一時杯酒間聞見及同遊者意中事。」

在尋常慣見的題材中，晏幾道能把自己全部的真純深摯的感情傾注進去，彷彿嵌進了他的生命。作為沒落的貴族公子，他厭倦官場的虛偽，因此，雖然在文人中間他已經很有名氣了，在當時，他高明的「婉」字藝術技巧，就連一些大家也不能不拱手退避，讓其獨步。比如：

相思本是無憑語，莫向花牋費淚行。——〈鷓鴣天〉

書得鳳箋無限事，猶恨春心難寄。——〈清平樂〉

夢魂縱有也成虛，那堪和夢無！——〈阮郎歸〉

弦語願相逢，知有相逢否？——〈生查子〉

縱得相逢留不住，何況相逢無處。——〈清平樂〉

這種曲筆如書法的一波三折，不肯使一直筆，「腸一日而九回」，委婉、細膩、纏綿，真正應了「文似看山不喜平」的妙趣。

晏幾道的作品雖題材狹窄，僅僅是抒寫離別、相思之情，但卻樂在其中。就是不肯稍微轉變一下方向，去俯就朝廷進士入仕的考題，寫幾首應景的求仕之作。文采雖有，但卻意不在仕，難怪我行我素的晏幾道又被世人道為至性的「痴」人。

晏幾道家底頗豐，據傳不下「千百萬」。但他卻無意經營管理，每日歌筵酒畔，花錢如流水，漸漸就用去了大半。

神宗熙寧七年（一〇七四年），又因為好友鄭俠上書直言「新法不便」一事而受牽連，又破費了許多銀兩。

這樣，歲月無情，坐吃山空的日子很快就讓他感到了生活的殘酷。偌大的宅院已經繁華落盡，空對孤寂的明月小橋。由富貴轉為貧窮的晏幾道，只是偶爾去朋友那把酒論詩，到後來，索性「退居京城賜第，不踐諸貴之門」（《碧雞漫志》）了。

原來「舞低楊柳樓心月，歌盡桃花扇底風」的生活也離他遠去了，唯有大量的經書典籍和他晚年休戚與共。這時的他，宛若一困頓孺子，窮愁落魄。近旁的親屬故友，也病的病，死的

死。他家的歌兒舞女也都漸漸離去，帶著他的許多詞篇另投富貴之門了。

長恨涉江遙，移近溪頭住。
閒蕩木蘭舟，誤入雙鴛浦。
無端輕薄雲，暗作簾纖雨。
翠袖不勝寒，欲向荷花語。

——〈生查子〉

這首作品寫出了晏幾道晚年的抑鬱心態，回想偶為塵網牽連所誤，心中不勝幽怨。

後來他的朋友高平公（夏承燾先生認為是范純仁）為他綴輯成編一本詞集，這就是現在留傳下來的《小山詞》。晏幾道大約在這以後不久，就去世了。可憐一介富貴公子，經歷了一番人生的大起大落，飽嘗了人間的世態炎涼之後走了，把一生的是是非非留給後世人去評說。

詩人黃庭堅在為《小山詞》所作的序中，將晏幾道的性情品格概括為「四痴」，這是一段絕妙文字：

予嘗論：「叔原，固人英也，其痴亦自絕人。」愛叔原者，皆慍而問其目。曰：「仕宦連蹇，而不能一傍貴人之門，是一癡也；論文自有體，不肯一作新進士語，此又一癡也；費資千百萬，家人寒飢，而面有孺子之色，此又一癡也；人百負之而不恨，己信人，終不疑其欺己，此又一痴也。」乃共以為然。

才思敏捷的「蘇門四學士」

「蘇門四學士」指的是北宋黃庭堅、晁補之、秦觀、張耒這四位文人，因為他們都是大文學家蘇軾提拔起來的，因此人們習慣上稱他們為「蘇門四學士」。

四學士都富有文采，才思敏捷，但又各有特點。黃庭堅，字魯直，號山谷道人。他出身於一個士大夫家庭，家裡藏書很多，學習條件良好。他的詩喜歡追求新奇，盡量採用古體，講究意境和布局，好用典故，給人印象很鮮明。寫律詩的時候，也著意創新，用散文的語言來寫詩，自成一家。他的創作風格開創了北宋一個新的詩派：江西詩派，在當時影響很大。蘇軾就很讚賞他的才華。黃庭堅任北京國子監教授的時候，聽說蘇軾正任徐州知府。他很崇拜蘇軾，就寫了一封信，表達了自己的仰慕之情，將蘇軾比為高崖的青松，自己則比為深谷

裡的小草，同時隨信寄上兩首剛完成不久的詩，謙遜地請蘇軾給予指教。蘇軾一見，大為驚嘆，不僅給詩和了韻，還高度讚揚他「超逸絕塵，獨立萬物之表」。

黃庭堅的才華是多方面的：不僅詩寫得好，書法也有很高的成就，與蘇軾等人並稱「宋四家」。他還能畫，並且有很高的鑑賞力。

秦觀的家境很貧寒，田園收入還不夠養活一家人。但他從小就很聰明，得到了當時一些著名詩人如孫覺、李常的賞識。但他最崇拜的是蘇軾，曾說：「我獨不願萬戶侯，唯願一識蘇徐州。」在二十九歲那年，秦觀終於有機會拜見了蘇軾。當時蘇軾很隆重地接待了他，擺了一桌豐盛的酒宴，請了一些樂師在旁邊演奏，像師父對待弟子那樣愛護他，使秦觀非常感動，從此更加發奮寫作。但他的詞與蘇軾詞有很大不同，蘇軾詞比較豪放，他卻仍沿著花間詞的路子走，被人稱為「婉約之宗」。他的〈鵲橋仙〉是千古傳唱的名作：

> 纖雲弄巧，飛星傳恨，銀漢迢迢暗渡。金風玉露一相逢，便勝卻人間無數。柔情似水，佳期如夢，忍顧鵲橋歸路。兩情若是久長時，又豈在朝朝暮暮。

魏晉以來，寫牛郎織女這個愛情故事的詩詞很多，而能長期傳誦不衰的，只有秦觀的

這首〈鵲橋仙〉。詞的上片寫七夕時特有的美景，天上飄著一縷縷纖薄的雲彩，飄浮無定，忽然，流星閃著明亮的光輝劃過長空，像是給牛郎織女傳送離情別恨。詞的下片歌頌了牛郎織女愛情的無比堅貞，無比純潔。雖然相聚時間短暫，但愛情若是堅貞不渝，又何必朝夕相守？這首詞格調高，意境新，是歌頌愛情的不朽之作。

秦觀一生遭遇坎坷，只活了五十二歲。他死之後，蘇軾特別悲傷，有兩天吃不下飯。在四學士中，蘇軾與秦觀的感情最深厚，對他的才華評價也最高。

同樣只活了五十多歲的晁補之，字無咎，出身於官僚家庭。他的父親和叔父都是當時小有名氣的詩人，因此他從小就愛好詩文，精通詞律。十七歲那年，他跟著叔父來到杭州，看到杭州景色那樣秀美，不禁詩興大發，仿照曹植的〈七啟〉，寫了篇辭賦〈七述〉。恰巧蘇軾當時正在杭州任通判，看到這篇文章後，對別人說，我本來也有意思寫這個題目，可是讀了晁補之的辭賦，只好不寫了。又稱讚他「博辨俊偉，絕人遠甚」。由於蘇軾的這種讚賞，使晁補之頓時出了名。

在蘇門四學士中，晁補之的詞同蘇軾詞最接近，同屬於豪放詞派。他的詞題材廣泛，坦蕩磊落，風格高秀，沒有故作呻吟的靡靡之音，因此後人說他是四學士中繼承蘇軾傳統的人。

四學士中最後一個去世的是張耒。張耒，字文潛，號柯山。他十三歲就能寫文章，十七歲時作了一篇賦，被當時的人們廣為傳誦。他的文名傳到蘇軾的弟弟蘇轍那裡，蘇轍就把他招了來，非常器重。後來得到一個機會，蘇轍把張來介紹給蘇軾，從此張耒就跟著蘇軾學習了。

張耒與蘇門其他文人如秦觀、晁補之等交誼都很深厚。秦觀死後，他的兒子護送靈柩經過黃州，當時張耒正在黃州隱居。聽說這件事後，就在江邊燒紙祭奠，痛哭失聲。可是他的淚水還沒有乾，從嶺南又傳來一個不幸的消息：黃庭堅也去世了。在極度的悲傷中，張耒寫下了為後人傳誦的〈讀黃魯直詩〉：

江南宿草一荒丘，試讀遺編涕不收。
不踐前人舊行跡，獨驚斯世擅風流。
一尊華發江邊客，萬里黃茅嶺外州。
虎豹磨牙九關邃，重華可訴且南遊。

詩中緬懷過去的知己，三年前兩人在黃州江邊分別時，還以為以後還能再見，誰知竟成永別。這是多麼的悲哀啊！只能重讀故人遺下的詩文，可讀後又不禁淚落如雨。

張耒很有氣節。他的晚年生活非常困苦，貧病交加。〈歲暮即事寄子由先生〉描述了這種艱難的情況。其中有「肉似聞韶客，齋如持律徒。女寒愁粉黛，男窘補衣裾。已病藥三暴，辭貧飯一盂」的詩句。說他家裡貧窮沒有肉吃，像佛教徒那樣吃素食。衣服的前襟破了，卻沒有布補上。而且蘇門其他文人的相繼去世，使他更加寂寞。即使這樣，他仍然堅持著，不改節操。

張耒的詩非常樸素自然，在蘇門四學士中，他的詩最能反映民間疾苦，同情勞動人民。語言上則平易近人，意深詞淺，清新雋永，不事雕琢。

四學士在當時影響很大，他們和蘇軾詩文相契的故事，在歷史上有不少記載。《王直方詩話》中有這樣一例：一次，蘇軾剛作完一首小詞，拿去給張耒和晁補之看，問他們，我的詞和秦觀的詞有什麼不同？張耒和晁補之認真地看了一遍，說：「秦觀的詩寫得好像詞一樣，而您的詞呢，寫得卻像詩一樣。」蘇軾聽了大笑說，很對，很對。這個故事反映了他們師友之間常常互相討論各自的詩詞，而且是平等的，無拘無束地發表意見，用一種詼諧幽默的方式來表示相互間的情誼，互相取長補短。

在京時期是他們最快樂的一段時間。當時蘇軾和蘇門四學士都在京師，各任不同官職。

每到閒暇之時，他們便聚在一起，有時一起遊覽京都的名勝古蹟，詩文酬唱；有時便擺下酒宴，歡飲流連。這是他們難以忘懷的年代，也是北宋的盛事。曾有書記載說，他們歡聚時所做的文章、詩詞，在他們聚後便馬上傳誦開來，人們爭著閱讀、抄寫，致使當時的紙價大漲。由此可見，蘇門四學士聲勢有多麼大。

蘇門四學士是北宋一支以蘇軾為核心的文人小集團。四個人都是才華橫溢，遭遇坎坷。然而他們的詩文，不僅在當時影響很大，而且也是我國文學寶庫中一筆珍貴的財富。

滿腹經綸，遭貶被逐的秦少游

秦觀出生在一個中小官僚家庭。六歲時，他的父親從汴京太學回來之後，十分讚賞太學中王觀的才學，因此將自己的兒子也取名為「觀」，用以寄寓對他的期望。他十五歲時，父親去世，秦觀與母親戚氏隨祖父、叔父在大家庭中生活。秦觀小時候不大喜歡與人交往，平時只知讀書、習文，性格比較柔弱。十九歲時，與潭州寧鄉主簿徐成甫的大女兒徐文美成婚，住的是只能遮蔽風雨的幾間舊房子，守著「薄田百畝」度日，如果不遇到什麼意外的災禍，也只能滿足衣食所需的七成左右吧。這樣的家境哪有餘錢去貯藏大量的書籍呢？只能向人索借，頗有些淒涼之感。那個時代，對於一個讀書人來說，要改善這種境況，只能選擇「求仕」的功名之路了。

秦觀一生仕途坎坷。年輕時，文章被人稱道，連王安石也讚譽為「清新嫵麗，與鮑謝似之」。但科舉考試卻屢試不中，空有滿腹經綸，竟懷才不遇，抑鬱之情充溢於胸。他傾倒於蘇軾的曠世之才，與之結成生死之交，卻由此而鑄就自己一生的悲劇命運。

秦觀對於當時四海聞名的文學家蘇軾十分崇拜，聽說蘇軾將從杭州移守山東密州，將路經揚州之時，欣喜萬分，煞費心思地模仿蘇軾筆調寫了幾首詩，事先題在揚州一所寺院的牆壁上，期望能讓蘇軾見到。蘇軾到此果然看到，讀後大吃一驚，很是驚奇。之後他遇見友人孫覺時，孫覺有意將秦觀推薦給他，將秦觀的詩詞數百篇全都拿給他看。他邊看邊讚賞，感嘆道：「那次留詩在寺院壁上的，一定是此人呀！」至此二人已有初交。而友誼的正式開始是在後來的徐州相見。元豐二年的春天，秦觀去會稽探望祖父、叔父的途中，正好遇到蘇軾調任湖州。於是二人欣然同行，一路遊覽名勝，賦詞作詩，很是愉快。沒想到分別不久，蘇軾就因反對王安石變法而被彈劾收監。秦觀聞訊甚為焦急，憂心忡忡，親到湖州看望，期望能給遇難的朋友些許的安慰。而此時蘇軾的許多親朋都怕株連而避之不及，秦觀卻一直如影隨形地陪伴，視蘇為師，堪稱生死之交。

秦觀在去會稽時，對這座歷史名城流連忘返，逗留了半年之久，與當時的太守程公闢相

處很好，常常相偕遊玩，出入歌樓。多情而倜儻的秦觀很自然地有了一份情感牽繫在此，臨別時竟無限惆悵。歸途中，面對暮冬的衰敗與淒涼，萬般感觸盡上心頭：屢試不中的抑鬱，與情人分別時的難捨難分……遂寫下了著名的慢詞〈滿庭芳〉：

山抹微雲，天連衰草，畫角聲斷譙門。暫停徵棹，聊共引離尊。多少蓬萊舊事，空回首、煙靄紛紛。斜陽外，寒鴉萬點，流水繞孤村。

銷魂。當此際，香囊暗解，羅帶輕分。謾贏得、青樓薄倖名存。此去何時見也，襟袖上、空惹啼痕。傷情處，高城望斷，燈火已黃昏。

微雲縈繞山際，枯草黏連遠天。遠處城樓上傳來的角聲，讓話別的戀人愁腸寸斷。多少柔情繾綣的日子，都已如縹緲的煙靄悄然而逝，收入眼簾的只有斜陽下寒鴉棲息的流水孤村，益發讓人感到無限的悲悽。解香囊，分羅帶，彼此相贈，漸行漸遠。回望黃昏燈火中，伊人所居的高城還隱約可見，卻不知何時兩人才能再相聚。秦觀將悲苦離情在詞中轉化到衰草、斜陽、寒鴉、流水、孤村的意境中渲染，使整首詞籠罩著哀婉、淒迷的氛圍。清麗婉約，用語精緻，很快傳遍大江南北，被蘇軾冠以「山抹微雲君」稱號。

雖然秦觀學柳永作詞受蘇軾責備，但天生柔弱多情的本性，加上個人遭遇的多舛，使他仍無法擺脫這種哀婉的風格。〈八六子・倚危亭〉、〈江城子・西城楊柳弄春柔〉等，都是抒寫羈愁別緒、傷感而淒迷的詞篇。

在此期間，秦觀一直「徜徉吳楚間」，直到元豐七年，因回京的蘇軾的推薦而中進士，才開始了他的仕途生涯。這一年，他由於傾慕後漢馬援從弟馬少游的為人，而改字「少遊」。但他的風流俊逸，四溢的才情，卻引起許多人的嫉妒。所以雖被屢次向上推薦，卻仍無法得到重用，直到在應制考試時，進策論方被提攜。此後，他先後任宣教郎、太子博士、校正祕書省書籍、國史院編修官等職。

元豐八年，奮鬥多年，年近四十的秦觀終於躋身仕途。同年，主張新法的宋神宗病逝。年幼的哲宗即位，主張舊法的高太后攝政，起用司馬光為宰相，一切復舊。一時間，新黨紛紛被逐出朝廷，舊黨得勢，捲土重來。力主舊法的蘇軾被召入京不到一年就擢升為翰林學士。

此時已任蔡州教授，自感在多年落第的打擊下雄心已折磨殆盡的秦觀，彷彿看到了一絲希望，多年的政治抱負終於有了可以施展的機遇了。可是事與願違，當蘇軾以「賢良方正」之名將他推薦給朝廷時，卻遭到一些嫉恨他的人的打擊和中傷，使他被迫假稱有病離開了京

都，仍舊回到蔡州。隔年，范純仁再次向朝廷舉薦。秦觀這次以能「著述之科」被召回京師，應制科，進策論。他的三十篇策論對用人、理財及邊防各方面都有詳細而具體的改良建議，對於當時的時政頗有用處，引起當權者的注意，被任宣教郎、太子博士、祕書省正字及國史院編修等職。

在京都的這段時間，他和黃庭堅、晁補之、張耒幾人都很受蘇東坡的賞識。他們經常相約為伴，騎馬遊玩，飲酒作詩，交遊的是館閣名流，遊覽的是名園勝跡，留下了許多美好的回憶。「宜秋門外喜參尋，哀絲豪竹發妙音」，「有華燈礙月，飛蓋妨花」。當時的秦觀，經常出入歌樓娼館，與妓為友，相處相戀，可以說是風流倜儻。可是這樣的快樂竟消失得那樣快，在他還沒有盡情施展抱負之時，政局就發生了變化。

元祐八年，高太后駕崩，哲宗親政。主張新法的章惇、呂惠卿等人重新執掌了政權。主張舊法的所謂「元祐舊黨」的在朝之臣被紛紛趕出京城，無一倖免於難。蘇軾、黃庭堅等人相繼被貶。厄運也同樣落到了秦觀的頭上，他被貶為杭州通判。離京前，舊地重遊，不勝感慨，寫下了有名的〈望海潮〉。觸目傷情，回憶起那個新晴的日子，漫步郊外，桃李芬芳，在此佳景中，無意中跟隨著別人的車子，產生的一個情感的故事。如今往事已矣，不堪回首，只能交付那流水隨意繞天涯。

儘管留戀萬分，卻不得不離京赴任。可是沒隔多久，御史劉拯又說他重修《神宗實錄》，隨意增減，大力誣毀先輩，於是將尚在途中奔波的秦觀再貶為「監處州酒稅」。獨處處州的秦觀，內心極度憂傷，面對眼前的明媚春光，益發思念遠在四方的朋友。他在〈千秋歲〉中嘆道：「飄零疏酒盞，離別寬衣帶。人不見，碧雲暮合空相對。」朋友們都漂泊在外，再次舉杯暢飲已不可能，彼此牽掛，已是「衣帶漸寬終不悔，為伊消得人憔悴」，如今自己面對的只是那天邊的碧雲，凄迷而暗淡。想當日的豪情不再，當日的夢想已絕，不禁淒慘地喊道：「春去也，飛紅萬點愁如海。」落紅萬點，引起的卻是他如海深愁。

雖已被逐出京城，但那些嫉恨他的政敵卻從未停止對他的迫害，又因他寫了一首〈題法海平闍黎〉而被加以「謁告寫佛書」的罪名，他又被降級貶謫到郴州。郴州偏僻遙遠，他不得不告別老母、妻子，隻身前往。面對漫漫長途，他無限感傷。心力交瘁的秦觀，懷著對未來的深深擔憂，一人度過了除夕之夜，真是「鄉夢斷，旅魂孤」，倍感淒涼。第二年，朝廷又對元祐舊黨加重處罰，秦觀又被貶到橫州，真是愈貶愈遠。對於他來說前途是不可預見的，不知會是什麼樣的結局等待著他。

離開郴州前他寫了著名的詞篇〈踏莎行〉。整首詞流淌著寂寞、愁苦、失望之情。暮色中，登樓遠望，一弦彎月正從東方升起，卻被霧氣纏繞，月色朦朧，連渡口都看不清，那沒

有煩惱、沒有爭鬥的桃花源更是望不見、尋不著。春寒料峭，傳到耳畔的哀切的鵑聲又勾起了他的思鄉之情。遠方朋友捎來的安慰，更增添了無限愁思。這時已自感無望的他像許多的文人一樣，想躲到一個清靜無憂的世界。可是已經身陷逆境的人，又到哪裡找得到那一方淨土啊！所以，最後秦觀只能將對現實的無奈和無力，託付於山水的描繪之中，其中也夾雜著一絲悔恨：本可以過那種安靜的生活，為什麼要捲到這樣一場紛爭中呢？蘇東坡認為最後一句乃千古絕唱，曾將此句寫在自己的扇子上，無限惋惜地說「少遊已矣，雖萬人何贖！」

秦觀懷著愁緒萬點，匆匆上路。繼而又被貶到雷州，這次彷彿到了天涯海角，舉目無親。他已深深絕望，竟自作輓詞哀嘆自己死後將會像犯人一樣，葬於異鄉，怕只怕連魂魄都不敢東歸故鄉與親人見面，心情之慘痛可想而知。就在他自感已心力耗盡之時，朝廷卻又來了一紙赦令，讓他們這些被貶之臣北歸。絕望之中突然見到一線光明，他悲喜交集，急切地盼望「及我家於中途，兒女欣而牽衣」，可是卻在返回途中，醉臥光化亭而謝世。

在他並不幸運的五十二個春秋中，已近不惑方才走入仕途，卻又有近一半的時光是在貶謫中度過的。滿腹經綸，卻未能施展於世，實在是「哀哉！痛哉！」當時的一代文宗蘇東坡也悲歎說：「世豈復有斯人乎！」

在京的這段日子是秦觀一生中最輝煌的時光。他與黃庭堅、晁補之、張耒等一同受蘇軾的賞識、提拔，以「蘇門四學士」而稱於世。他本以為就此就可青雲直上了，可是世事難料，當紹聖元年哲宗親政時，元祐舊黨又相繼被貶。生性柔弱的秦觀被一貶再貶，最後竟被貶到「天涯海角」的雷州，過著「灌園以糊口，身自雜蒼頭」的艱辛生活。面對無法預知的將來，他覺得自己漸漸走向衰亡，淒婉中嘆道：「奇禍一朝作，飄零至於斯……」語極哀傷，令人讀之極感酸楚。

一介書生，在政治的大舞臺上，只能是一個任人擺佈的角色。在他已倍感絕望之時，朝廷赦下，命其北歸，受命宣德郎。秦觀得訊，悲喜交集，以為從此可以享受天倫之樂。沒想在赴任途中，飲酒醉臥於光華亭，向人要水喝，當家人倒了水給他時，他笑著向水缽看了看就永遠地閉上了雙眼。一生坎坷的秦觀就在這歸途之中撒手西歸，結束了他一生波折的命運。蘇軾聞此噩耗悲嘆道：「少遊不幸死在途中，實在傷心，世上再也沒有這樣的才子了！」

四才寺院補杜詩的故事

詩歌創作的選詞煉句，表面上看起來只是個語言的問題，其實遠不是這麼簡單，它是作者的主觀情態與客觀景物有機融合的結果，體現著作者對創作時所處的生活環境的獨特感受，有著鮮明的個性和即時性特點，常常是不可重複的，特別是那些大文學家的作品，更是由於在對生活的領悟和藝術表現方面有獨到的功夫，用的字、詞都準確、精妙，令人嘆為觀止。

相傳蘇軾等人寺廟補杜詩的故事，就很能說明這個問題。

有一天，宋代的幾位著名詩人蘇軾、黃庭堅、秦觀和佛印一同來到一座寺院遊覽，忽見牆壁上有一首唐代大詩人杜甫的詩〈曲江對雨〉，引起了他們極大的興趣，幾個人駐足壁

前，細細地吟誦起來：

城上春雲覆苑牆，江亭晚色靜年芳。林花著雨胭脂……

讀到這裡，大家讀不下去了。原來，由於寺院年久失修，牆皮也有許多地方剝落，第三句的最後一個字怎麼也辨別不清。沒有辦法，大家只好再往下看：

水荇牽風翠帶長。龍武新軍深駐輦，芙蓉別殿漫焚香。何時重此金錢會，暫醉佳人錦瑟旁。

這是一首有很深意味的詩。詩中生動地描繪了雨中曲江的靜謐，把詩人在這靜謐中所見到的皇家宮苑的清冷，所體驗到的世事滄桑，以及對人生的慨嘆傳神地表達出來。

四人品味再三，不禁嘖嘖稱讚。作為詩歌創作修養很深的詩人，他們都對詩的選詞煉句有著詩人的敏感，對於第三句脫落的一字究竟是什麼，內心都不停地揣摩，讀不出這個字心中都覺得如鯁在喉，不舒服，不妥帖。

這時，有人提議，每個人都補出一字，然後再與杜甫的原詩相對，看誰能猜中，誰補的字與原詩接近。大家都積極響應這個建議，更仔細地品味詩的意境，揣摩杜甫在詩中要表達的思想感情。經過再三斟酌，每個人都拈出了一個字：蘇軾補的是「潤」字；黃庭堅補的是「老」字；秦觀補的是「懶」字；佛印補的是「落」字。大家把每個人補的字都逐一品評了一番，覺得各有各的道理，各有各的境界。但是，究竟誰的更準確，更接近杜甫的原詩？回去後，大家找出了杜甫的原詩。對照一看，出人意料的是，杜甫用的是一個「濕」字。再仔細一品味，都覺得這個「濕」字用得恰到好處。曲江位於長安的東南郊，建有興慶宮、芙蓉苑，是皇家重要的別墅。唐代的帝王們經常到這裡來住，唐玄宗與楊貴妃的故事就發生在這裡。杜甫的詩〈麗人行〉描寫的就是楊貴妃的姐姐號國夫人和秦國夫人曲江遊春的情景。安史之亂後，國家發生了大動盪，人們對世事人生的感受多了份滄桑變化的深沉和慨歎。杜甫再見曲江，又是在雨中，自然有了深深的感慨：景色依舊，物是人非，「何時重此金錢會，暫醉佳人錦瑟旁？」過去的一切實際上已經一去不復返了，國家在這錦瑟聲中由盛而衰，走上了末路。杜甫的這種深深的人生感嘆在「雨」的情景描繪中得到更濃重的渲染。「胭脂濕」給人一種沉寂、缺乏生氣之感。恰當而準確地表現出杜甫的心情。

蘇軾四人在寺院中談到這首詩時，早已是改朝換代，換了人間。他們當然不可能有杜甫

寫詩時的感受，因此也很難做到一下子猜到杜甫所用的每一個字，這不是由於他們的藝術才能不高，而是由於他們沒有與杜甫相同的人生體驗。這個故事可以看出，文學創作有自己的規律。

貌醜而才高的「賀鬼頭」

賀鑄，字方回，號慶湖遺老，是北宋著名的文學家。相傳，賀鑄其貌不揚，據陸遊《老學庵筆記》說：「方回狀貌奇醜，長身聳目，面色鐵青，人稱賀鬼頭。」想來，那張鐵青臉，那雙聳豎的眼睛，實有閻羅之相，讓人見了害怕。

賀鑄雖說相貌欠佳，但他填製的詞卻雋秀可人。張耒在賀鑄的〈東山詞序〉中說：「余友賀方回，博學，業文，而樂府之詞，高絕一世。」足見其才華出眾。

賀鑄有一首〈青玉案〉詞，最為人激賞：

凌波不過橫塘路，但目送、芳塵去。錦瑟華年誰與度？月橋花院，瑣窗朱戶，只有

春知處。飛雲冉冉蘅臯暮，彩筆新題斷腸句。若問閒愁都幾許？一川煙草，滿城風絮，梅子黃時雨。

賀鑄雖是宋太祖孝惠賀皇后族孫，且與宗室聯姻，但他性情剛直，喜談時事，批評時弊，不避權貴，因而一生仕途不得其志。賀鑄晚年，掛冠辭歸，隱於蘇州城外一個叫橫塘的地方。這首詞便是賀鑄家居橫塘時所作。從字面看，這首詞似乎是抒寫追慕一女子，但可望而不可即的苦悶愁思。其實，詞中寫追慕女子不過是興寄之筆，深層意旨在於抒發有志難酬的積鬱苦衷。此詞勝處，在於以博喻喻愁。「一川煙草，滿城風絮，梅子黃時雨」，詞人以煙草、風絮、梅雨三種不可數的事物比喻愁情，說出了心中無限的愁緒。況且，三個喻詞中，又暗寓三個不同的物候，煙草是「草色遙看近卻無」的早春景象，風絮是「枝上柳綿吹又少」的暮春景象，梅雨則是「梅雨灑芳田」的初夏景象。這便有節候推移、時間轉換的寓意，更說出了詞人心中的愁，並不是在某一個時點上的突發，而是一種在時間上無限延伸的無法消解的長愁。無怪黃庭堅極讚賀鑄的喻愁妙筆，讚之說：「解道江南斷腸句，只今唯有賀方回。」（見《能改齋漫錄》）而羅大經在《鶴林玉露》則說得更為具體，他說：「詩家有以山喻愁者，杜少陵云：『憂端如山來，澒洞不可掇。』趙嘏云：『夕陽樓上山重疊，未

抵閒愁一倍多』是也。有以水喻愁者，李頎云：『請量東海水，看取淺深愁。』李後主云：『問君能有幾多愁？恰似一江春水向東流。』秦少游云：『落紅萬點愁如海』是也。賀方回云：『試問閒愁都幾許？一川煙草，滿城風絮，梅子黃時雨。』蓋以三者比愁之多也，尤為新奇，兼興中有比，意味更長。」這便在比較中，推舉出優勝者，說明了賀鑄寫愁優勝前人之處。此詞一出，遂傳為絕唱。

賀鑄不僅填詞俊秀可人，他作的詩也清麗可喜。且看賀鑄的五言詩〈望夫石〉：

亭亭思婦石，下閱幾人代。
蕩子長不歸，山椒久相待。
微雲蔭發彩，初月輝蛾黛。
秋雨疊苔衣，春風舞蘿帶。
宛然姑射子，矯首塵冥外。
陳跡遂無窮，佳期從莫再。
脫如魯秋氏，妄結桑中愛。
玉質委淵沙，悠悠復安在？

這首詩，是賀鑄詩中的成名之作。《苕溪漁隱叢話》引《王直方詩話》說：「交游間無不愛之。」五言詩藉思婦所化之石的傳說命意，以蕩子不歸、思婦相待的情感矛盾，交代了思婦化石的悲劇；而後拈來微雲、初月、秋雨、春風作襯托，托起已化為石的思婦形象，在雲來雲去、月升月落、秋轉春移的映襯中，說出了思婦不捨的等待；而對思婦石發彩、蛾黛、苔衣、蘿帶的正面摹畫，也在浪漫的色彩中，寫出了思婦深重的失望。最後，用神話人物姑射子來寫思婦的長久孤獨，用現實人物魯秋氏點染思婦的錯位婚姻，從而將人間思婦的苦辣酸甜和盤托出。全詩語淡而情濃，詞清而悲重，反映了賀鑄對當時婦女的深切同情。

賀鑄的詩之所以為人所喜愛，之所以獲得成功，當在於詩人深厚的詩歌修養。《王直方詩話》記載方回的話說：「學詩於前輩，得八句云：『平淡不流於淺俗；奇古不鄰於怪僻；題詠不窘於物象；敘事不病於聲律；比興深者通物理；用事工者如己出；格見於成篇，渾然不可鐫；氣出於言外，浩然不可屈。』盡心於詩，守而勿失。」

賀鑄的這番詩歌創作談，極有見地，充溢著思辨精神，從風格、煉字、題材、體裁、氣韻、格調諸多方面提出了自己的看法，而且中肯實在，即便對於現代詩人的詩歌創作，也不失為有益的經驗。

關於賀鑄，我們或許可以這樣評述，他是一位相貌醜陋而才情俊偉的古代文學家。儘管人們戲稱他為「賀鬼頭」，但於情感上卻深深地敬重他，尊他為才情出眾的「賀梅子」。

「肥仙」張耒：聰穎風流子

張耒（一〇五四—一一一四年），字文潛，號柯山，人稱宛丘先生，楚州淮陰人，是北宋後期的一位現實主義作家。他以其才學為蘇軾所稱賞，和黃庭堅、秦觀、晁補之齊名，後人並稱他們為「蘇門四學士」。

相傳，張文潛出生時，他的手紋清晰，隱約形成一個「耒」字，故而起名叫耒。

他聰穎好學，才思敏捷，十三歲時即能為詩文，十七歲時，所作〈函關賦〉被傳誦一時。後來，他把所作文章拿給蘇軾兄弟過目，蘇軾和蘇轍都很賞識他的才氣，於是張耒便投在蘇氏門下，作了弟子。

張耒在蘇門弟子中是最胖的一個，因此，師兄弟們都喜好吟詩作文來打趣他，他卻也不

生氣。樂觀豁達的性格使他原本魁偉異常的身體更添了一副肥臃之態，儼然一個在世的「彌勒佛」。師兄陳師道詩云：「張侯便然腹如鼓，雷為飢聲汗為雨。」黃庭堅詩云：「六月火雲蒸肉山。」雖是誇張謔戲之意，但也足見他體態的肥胖了。

雖然體胖，但張耒卻從不節食，愛吃什麼就吃什麼。例如螃蟹吧，他一生都喜歡吃，即使到了晚年仍是貪嗜如故。把蟹肉剔出來，滿滿地裝在最大的杯盤之中，盡情享用，真是可愛之至。

張耒投在蘇氏兄弟門下後，虛心向老師學習，進步很大。神宗熙寧時，剛剛十九歲便考中了進士，於是開始了仕途生涯。但他卻並未從此青雲直上，而是在北宋朝廷激烈的新舊黨爭漩渦中時起時落。他雖然不像蘇軾那樣處於鬥爭的中心，但由於他和蘇軾的密切關係，跟老師「借光」，常受牽連，多次遭貶。

紹聖初年（一〇九四年），哲宗親政期間，變法派中的投機分子章惇、呂惠卿等人以所謂新黨的面貌被起用，他們掌握政權後，把與變法派曾有過矛盾的蘇軾及其門生，都當作不折不扣的舊黨要員來加以折磨。當時正任起居舍人的張耒也被一貶到底。

哲宗元符三年（一一〇〇年），徽宗即位，寬赦元祐舊臣。蘇軾及其門生再度被起用，張耒被召為太常少卿。全家剛剛安頓下來的第二年，沒想到老師蘇軾卻在常州病逝了。張耒

為了表達自己的哀思，在佛寺中拿出自己的俸祿來舉行奠儀。可是這一行為卻遭到了別的舊黨要員的疑忌和排斥，於是又被派往外地任職。至此，張耒再也未得到內遷。

徽宗崇寧五年（一一〇六年），已經步入晚年的張耒把家搬到了陳州宛丘（今河南淮陽），直至卒年（一一一四年）。「宛丘先生」的得名也在此時。這期間，「三蘇」及黃庭堅、晁補之、秦觀等人相繼謝世後，張耒便成了當時的文壇盟主。《宋史》說「士人就學者甚眾，分日載酒肴飲食之」。閒暇的時候，他以琴書自遣，以佛法相慰，以平靜的心緒看著花開花落，豁達地笑觀世事。

雖然張耒的一生經歷曲折，多次浮沉，但他都能夠超脫困頓苦悶而坦然處之，常把不如意寄託於詩詞，用以自遣。他的〈夜坐〉便是較為典型的一首詩。深夜獨坐沉思，與先賢交流，「庭戶無人秋月明，夜霜欲落氣先清。梧桐真不甘衰謝，數葉迎風尚有聲」。

再有一次，張耒被貶時，住在河南福昌縣一個窮僻的小山村，他說「萬竿修竹開侯府，十里青山隱相家」（〈官舍歲暮感懷書事〉），又說「吏胥借問官何在？流水聲中看竹行」，覺得「冷官自有貧中樂」。從這點滴句子中，足見張耒的豁達、樂觀性格，因此，他成為蘇門諸弟子中去世最晚的一個，也就不是偶然的了。

在文學創作活動中，他的筆端極少涉及社會民生的大問題，而多從日常生活及自然景

物中直接選取題材，較多反映勞動人民生活，語言也較平易淺近。他曾在為賀鑄寫〈東山詞序〉中說：「文章之於人，有滿心而發，肆口而成，不待思慮而工，不待雕琢而麗者，皆天理之自然，而性情之至道也。」截然不同於黃庭堅的蒐奇抉怪，一字半句不輕出的創作態度。

他詩學白居易、張籍，樂府得盛唐之髓。雖然古詩創作中有語盡意亦盡的不足，然而在創作傾向上，部分詩作反映了北宋後期官逼民反的社會現實，又表現出他詩作的相當可貴之處。例如他的〈和晁應之憫農〉詩，表面看上去，像一篇有韻的散文，但卻是作者在經過長期的艱苦鍛鍊，藝術達到純熟境界後信手而成、自然工麗的詩篇。詩中老農形象雖不及白居易〈賣炭翁〉、張籍〈野老歌〉那樣鮮明、飽滿，但他卻能夠抵擋脫離現實，專在字句上爭勝的江西詩派的影響而保持了自己獨特的清新樸實的風格，還是很有意義的。他的詩集現存的有《柯山集》。

張耒其實也是一個在詞作上很有成就的文人，只不過為詩名所掩蓋罷了。他現存的詞，在蘇門四學士之中最少，一共只有六首，風格同詩相似，多是描寫自然景物，寄託情意，抒發感慨。

他現存的文集《宛丘集》七十六卷，《詩說》等也並行於世。後人經整理而成《張右史文集》。

張耒的文章以駢體賦成就最高。《宋史．文苑傳》中指出：「耒儀觀甚偉，有雄才，筆力絕健，於騷詞尤長。」例如〈柯山賦〉中筆勢古勁，語言清雅，寫景狀物維妙維肖；在語言形式上靈活自如，隨意所之，既有古賦之古樸，又有駢賦之整飭。再如蘇軾的〈超然臺記〉：

> 登高臺之岌峨兮，曠四顧而無窮。環群仙之左右兮，瞰大海於其東。棄塵壤之喧卑兮，揖天半之清風。身飄飄而欲舉兮，招飛鵠與翔鴻。莽丘原之茫茫兮，弔韓侯之武功。提千乘之富強兮，憑百勝而稱雄。忽千年而何有兮，哀墟廟之榛蓬。
>
> ……

這段文字，雖多偶儷，又兼用韻語，極盡整飭諧和之美，但卻毫無堆砌晦澀之感，更無著力雕琢之痕。他的文筆顯然也有意師法白居易、張籍，力求平易淺淡。

張文潛豁達樂觀地面對一生的起落，在詩詞文上都很有影響，但遺憾的是沒有後代。他原有三子：秬、秸、和，也都與他一樣聰明絕頂，都中了進士。但是張秬和張秸不幸在戰爭

中陣亡，張和從陝西回來給兄弟奔喪，不料路遇強盜，結果被殺。「形模彌勒一布袋，文字江河萬古流」（黃庭堅評張耒語），文學上的成就也許多少可以慰藉張耒寂寞的一生了。

張揮出家：寫景詠物，文才斐然

北宋時僧人仲殊，字師利，生卒年不詳。這是一位很特殊的僧人，他的詩、詞、文都作得很好，又與大文學家蘇軾過從甚密，所以值得談一談。

其實仲殊並不姓仲，也不是從小出家。仲殊俗姓張氏，名揮，安州（湖北安陸）人。據《中吳紀聞》記載：仲殊原本是讀書人，曾經得與鄉薦。生活上有些放縱不羈，他的妻子一怒之下，就給他下了毒藥想毒死他，他大難不死，從此對家庭意冷心灰，於是拋棄家人，出家當了和尚。先是住蘇州承天寺，後來又到杭州吳山寶月寺。

仲殊能文，能詩，還會填詞，又懂音律。蘇軾做徐州、杭州太守時，仲殊常常是蘇軾的座上客。蘇軾在《東坡志林》卷二中這樣寫道：「蘇州仲殊師利和尚，能文，善詩及歌詞，

皆操筆立成，不點竄一字。予曰：『此僧胸中無一毫髮事，故與之遊。』」

仲殊喜歡吃蜜，蘇軾也喜歡吃蜜，而且還能吃飽。仲殊的吃蜜可能和他的中毒有關。蜂蜜可以入藥，能潤肺止咳，可以緩和毒性，從而起到解毒的作用。仲殊最初吃蜜解毒，可能漸漸就吃得喜歡上了；後來辟穀，也常以蜂蜜為食。所以東坡稱他為「蜜殊」。蘇軾還有一首〈安州老人食蜜歌〉贈仲殊：

安州老人心似鐵，老人心肝小兒舌。
不食五穀唯食蜜，笑指蜜蜂作檀越。
蜜中有詩人不知，千花百草爭含姿。
老人咀嚼時一吐，還引世間癡小兒。
小兒得詩如得蜜，蜜中有藥治百病。
正當狂走促風時，一笑看詩百憂失。
東坡先生取人廉，幾人相歡幾人嫌。
恰似飲茶甘苦雜，不如食蜜中邊甜。

因君寄與雙龍餅，鏡空一照雙龍影。
三吳六月水如湯，老人心似雙龍井。

蘇軾說：仲殊以蜜蜂為檀越（即施主），不食五穀而食蜂蜜，既治病，又涵詠詩興，病好了，詩也有了。還說自己交友謹慎，與仲殊甚為相得，所以寄給仲殊「雙龍餅」（茶）。詩寫得很風趣。

仲殊與蘇軾常常詩詞唱和往來。仲殊遊西湖，寫〈雪中遊西湖〉詩，蘇軾就寫了〈次韻仲殊雪中遊西湖〉二首來唱和。還有一次，蘇東坡領著個歌妓去拜謁杭州淨慈寺的大通禪師。大通禪師見蘇軾如此，不覺有些生氣。東坡就寫了一首〈南歌子〉詞，讓歌妓唱給大通禪師聽，故意氣他。當時仲殊在蘇州，聽到這一件事後，也和了一首詞：

解舞清平樂，如今說向誰？紅爐片雪上鉗鎚，打就金毛獅子，也堪疑。
木女明開眼，泥人暗皺眉，蟠桃已是著花遲，不向春風一笑，待何時？

這雖然都是些遊戲之作，但對於像大通禪師那樣古板拘泥的出家人來說，也算是一個小小的諷刺。

仲殊現存的詩已不足十首，其中也有寫得較好的，如〈京口懷古〉、〈潤州〉等，後者是一首七絕：

北固樓前一笛風，斷雲飛出建康宮。
江南二月多芳草，春在濛濛細雨中。

短短的四句詩，就勾勒出了一幅江南二月煙雨朦朧的春景圖。

但是仲殊創作成就最高的，不是詩，而是詞，其中又以小令寫得最有韻致。所以黃昇《花庵詞選》說：「仲殊詞多矣，小令為最；小令中之〈訴衷情〉又為最，不減唐人風味。」仲殊的詞集名《寶月集》，已失傳，後人輯存詞共四十六首，另有殘句若干。仲殊的詞風雖然未脫「花間」樊籬，但是由於時代不同，身份、經歷迥異，所以仲殊詞無論內容，抑或技巧，都與「花間」有了很大的區別。首先值得注意的，是仲殊的寫景詠物詞。仲殊很善於寫景狀物。《復齋漫錄》中說：元豐末年，張詵為杭州太守。一日宴客西湖之上，劉涇

和仲殊都曾與宴。張詵命客人以西湖為題，即席賦詩曲。劉涇先吟道：「憑誰妙筆，橫歸素縑三百尺？天下應無，此是錢塘湖上圖。」仲殊馬上接口道：「一般奇絕，雲淡天高秋夜月。費盡丹青，只這些兒畫不成。」張詵又出梅花，邀二人同賦。仲殊又以前章的曲調吟道：「江南二月，猶有枝頭千點雪。邀上芳尊，卻占東君一半春。」劉涇怎麼也對不上了，後來還是陳襲善續成了後半闋。從這裡可以看出仲殊寫景詠物的才華。

仲殊出家後，主要往來於蘇、杭之間，兩地的風物景色也就成了他所吟詠的主要對象。比如〈定風波・獨登多景樓〉寫多景樓，〈訴衷情・建康〉寫建康（今江蘇南京市），〈南柯子・六和塔〉寫錢塘六和塔等。〈南徐好〉一組十首詞，則是分詠南徐的甕城、涤水橋、多景樓、京口以及花山李衛公園亭、沈內翰宅百花堆、刁學士宅藏春塢等名勝古蹟。甕城的一首是這樣寫的：

> 南徐好，鼓角亂雲中。金地浮山星兩點，鐵城橫鎖甕三重。開國舊誇雄。春過後，佳氣蕩晴空。涤水畫橋沽酒市，清江晚渡落花風。千古夕陽紅。

詞的上片寫甕城形勢之險固，用筆雄勁；下片寫城內，用筆工細，設色穠豔，確實深得

「花間」三昧。詞雖然不是寫什麼大題材，也沒有隱喻著什麼大的寓意，但在從容閒雅中勾勒了一幅典型的江南春景圖，令人讀過之後，很難忘懷。

仲殊也寫了許多詠物詞，在現存詞中，占據相當大的比例。詠物詞中，除了芭蕉、菊、荷花之外，尤以詠梅為多。如〈點絳唇．題雪中梅〉：

春遇瑤池，長空飛下殘英片。素光團練，寒透笙歌院。
莫把壽陽，妝信傳書箭。掩香麪，漢宮尋遍，月裡還相見。

詞的上片寫雪，用飛下瑤池寫雪的不同凡俗；下片寫梅，用壽陽公主梅妝來點梅。詞中用「月裡還相見」將雪、梅綰合到一起；又用「寒透笙歌院」將詠物與人事相連。可見詞人確實費了一番斟酌的功夫。但平心而論，這樣的詠梅詞，在浩如煙海的宋詞中並不見得有多麼出色。

仲殊雖然出家為僧，但吟詩填詞，仍然喜歡俗豔一路，別人勸他，他也不改（也可能是改不掉）。他現存的詞作中，這一類作品有〈南歌子．解舞清平樂〉、〈虞美人．飛香漠漠簾帷暖〉、〈洞仙歌．廣寒曉駕〉等。《中吳紀聞》還記載了仲殊寫〈踏莎行〉的故事：

（仲殊）一日，造郡中，接坐之間，見庭下一婦人，投牒立於雨中。守命殊詠之。口就一詞云：「濃潤侵衣，暗香飄砌，雨中花色添憔悴。鳳鞋濕透立多時，不言不語懨懨地。眉上新愁，手中文字，因何不倩鱗鴻寄？想伊只訴薄情人，官中誰管閒公事。」

這首詞自然算不得豔，但口吻中還是透出一些輕佻來。據說仲殊後來吊死於枇杷樹下，一些輕薄子弟就把仲殊詞略加改動，套用在這裡，成了「枇杷樹下立多時，不言不語懨懨地」。《中吳紀聞》把這事記錄下來，也可能是當成仲殊寫豔詞的冥報吧。

不幸的仲殊，就這樣結束了不幸的一生。

周邦彥：千古詞壇領袖

清代周濟在《介存齋論詞雜著》中評價周邦彥：「美成思力獨絕千古。」陳匪石在《宋詞舉》裡也說：「周邦彥，詞學之大成，前無古人，後無來者。」享有如此盛譽的周邦彥（美成）究竟是怎樣一個人呢？

周邦彥，字美成，晚年自號清真居士。錢塘（今浙江杭州）人。生於仁宗嘉祐元年（一〇五六年），卒於徽宗宣和三年（一一二一年）。他一生主要活動在神宗、哲宗、徽宗三朝，正是北宋盛極而衰的時期。就在周離世前一年（一一二〇年），爆發了以方臘為首的農民起義。周邦彥就生活在這樣一個動盪的時代，他一生也動盪、坎坷。他曾三旅汴京，三次外遷。神宗元豐二年（一〇七九年），第一次入京為太學生；元豐七年，因呈〈汴都賦〉，聲名大振，被任命為太學正。哲宗元祐二年（一〇八七年），首次外遷任廬州（今安徽合肥）教授，到過荊州（在今湖北），擔任過溧水縣（今江蘇縣名）地方官。于哲宗紹聖四年（一〇九七年），回京做國子主簿，擔任過祕書省正字、校書郎、考功員外郎等職。徽宗政和二年（一一一二年），第二次出京知隆德府（今山西長治），後徙明州（今浙江寧波）。在徽宗政和六年（一一一六年），第三次入都，再進祕書監，提舉大晟府（國家音樂機構）。兩年後，又出知真定府（今河北正定），改順昌府（今安徽阜陽），遷處州（今浙江麗水），又提舉南京（今河南商丘）鴻慶宮，路遇方臘起義，輾轉至南京，卒於鴻慶宮齋廳。匆匆地走過了他六十六歲的人生路。

周邦彥一生宦海沉浮，但他卻不是以一個政治家的身份為後人所稱道，他卓越的才能盡顯於詞作中。陳廷焯言：「詞至美成，乃有大宗，前收蘇、秦之終，後開姜、史之始，自有詞人以來，不得不推為巨擘，後之為詞者，亦難出其範圍。」這段評論把周邦彥推到了詞壇承前啟後的一個重要位置。

周邦彥留有詞集《片玉詞》（又稱《清真集》），多反映愛情、羈旅行役生活，還有一部分詠物詞。

周邦彥早年以〈汴都賦〉一文名震京都，其人風流儒雅，精通音律，每有詞出，汴京的

人便爭相傳誦，頗有柳永之時「凡有井水飲處，即能歌柳詞」之盛。然而，周邦彥的晚年，值北宋亡國之際，社會動盪，百姓流離失所。周邦彥個人也由「壯年氣銳，以布衣自結於明主」，到晚年「委順知命，人望之如木雞」。他的思想核心也由儒家轉移至道家。也許是參透了人生、世事的變化無常，而寄託無限的希望與無盡的失望於道家的清靜無為、修身養性吧。

周邦彥一生三旅汴京，數次遠宦。他最後一次遠宦，是於徽宗宣和二年（一一二〇年），提舉南京（今河南商丘市南）鴻慶宮。在此之前，周邦彥曾提舉大晟府（國家音樂機構），任職一兩年，因友人劉昺獲罪而受株連，被降職外放。此事《雞肋編》曾有記載：「周邦彥待制嘗為劉昺之祖作埋銘，以白金數十斤為潤筆，不受，昺無以報之，因除戶尚書，薦以自代。後劉緣坐王寀沃言事得罪。」此事後，周邦彥曾笑對人說：「世有門生累舉主者多矣，獨邦彥乃為舉主所累，亦異事也。」被降職的周邦彥先出知真定，後改順昌，不久罷官。直至宣和二年，以待制之身提舉南京鴻慶宮。此時他已是花甲之年的老人了。

周邦彥從杭州遷居到睦州（今浙江建德縣）。其間夢中作了一首〈瑞鶴仙〉詞，全詞如下：

悄郊原帶郭。行路永，客去車塵漠漠。斜陽映山落。斂餘紅、猶戀孤城欄角。凌波步弱。過短亭、何用素約。有流鶯勸我，重解雕鞍，緩引春酌。不記歸時早暮，上馬誰扶，醉眠朱閣。驚飆動幕。扶殘醉，繞紅藥。嘆西園、已是花深無地，東風何事又惡。任流光過卻，猶喜洞天自樂。

此次夢中賦詞，醒後，竟全部記得，邦彥心內不覺詫異。居睦州不久，在睦州青溪爆發了以方臘為首的大規模農民起義。於是，周邦彥又從睦州逃出，想回杭州舊居。在初入杭州錢塘門時，看見杭州的老百姓也在四處躲藏。大街上人流湧動，夾雜著孩童的啼哭聲、成年人的叫喊聲，遮掩了老年人的嘆息聲。周邦彥被擠在人群中，對人生的無奈之感湧上心頭，仰天長嘆，唯見一輪落日半懸在杭州城樓的簷間，殷紅的落日蒙上了一層灰，似無數流離人的鮮血。此時，周邦彥似有所悟，夢中之句：「斜陽映山落，斂餘紅，猶戀孤城欄角」描述的正是此情此景！

有傳聞說，起義軍要從睦州直搗蘇杭，杭州城不能久留，舊居無法回去了。周邦彥無處托身，連日來的勞累、飢渴、困頓，使他無力奔命，緩步於驚慌失措的人流中。一聲「待制何往？」喚醒了茫然行進的周邦彥，他左右環視，一女子正從一群人中擠出來，向他這邊高

喊。等近前一看，原來是同鄉的侍女，曾很熟識。侍女見了周邦彥，邀他去小酒店用飯，周邦彥正飢腸轆轆之時，便欣然前往。酒足飯飽之後，不由得重又想起「凌波步弱，過短亭，何用素約，有流鶯勸我，重解雕鞍，緩引春酌」幾句，心內暗暗驚嘆。

從酒店中出來有點微醉，天色已晚，不敢耽擱，想直接出城，路上低吟「上馬誰扶，醉眠朱閣」之句。上漲的江水沖斷了小橋，夜色沉沉，周邦彥想找一夜棲身之地，他先來到幾所寺廟，可早已被占滿了。他又來到一處小寺，恰好，這個小寺的藏經閣沒有人住。於是，便在此住了一宿。這正應了「醉眠朱閣」之句。

清晨醒來，與寺內僧人告別，因為從睦州一路而來，到處是流散的人群，便又渡江到了揚州。不久，聽說起義軍已盡占兩浙，再遷到南京鴻慶宮的官邸。此事暗合了「嘆西園，已是花深無地，東風何事又惡」幾句。

到了南京，周邦彥居住在鴻慶宮的齋廳，安定的日子沒過多久，周邦彥便身染重病，於宣和三年（一一二一年）故去。以生命的結束，應驗了夢中之詞的尾句「任流光過了，猶喜洞天自樂」。

這樣解析開來，整個〈瑞鶴仙〉一詞，便彷彿是先知一樣，預見了詞人一生最後的一段時光，是道家思想的指引呢？還是於不知不覺中窺見了天機？

關於此詞，也有人說是送別詞，回憶送客前，送客後的一些片段。如上闋：「悄郊原帶郭。行路永，客去車塵漠漠。斜陽映山落。斂餘紅、猶戀孤城欄角。」是寫景。描寫的是在空曠的原野上，朋友遠去的車馬，揚起片片灰塵。此時，日已半落似乎留戀大地，不肯就此離去。這闋的「凌波步弱……」幾句，是寫送友人回來時的經歷。曾經過「短亭」，解下馬鞍，同歌女一起飲酒。至於下闋，則是酒醉後，不知誰扶自己上馬，回家後，一夜宿醉，早晨醒後，還有殘醉，來到「西園」，看著滿園的花草，感嘆時光流逝，韶華已盡。「猶喜洞天自樂」是詞人聊以自慰的說法。

關於〈瑞鶴仙〉一詞，無論是送客前後的經歷，還是晚年生活的預見，周邦彥都確實經歷了那段顛沛流離的生活，有語說：「夕陽無限好，只是近黃昏。」周邦彥人生的夕陽卻不盡悲涼，於逃命途中，卻尋得一處安寧之地。想世人誰又有幸能走進「桃花源」，盡享「黃髮垂髫並怡然自樂」的和美與幸福呢？

多才多藝的徽宗皇帝

《水滸傳》中那個對高太尉言聽計從的昏庸的皇帝宋徽宗，可能沒給讀者留下多少印象。這毫不奇怪，與水泊梁山一百單八將的豪氣干雲相比，他實在是微不足道的。但從藝術史和文學史上看，宋徽宗可就不同了，他獨創了「瘦金體」書法，留下了名畫〈芙蓉錦雞圖〉，唱出了「裁剪冰綃，輕疊數重」的哀歌。僅此數端，便足以不朽。

徽宗趙佶（一〇八二—一一三五年），宋神宗趙頊第十一子，他降生時，宋神宗夢見南唐後主李煜前來拜見。十個月大的趙佶便被封寧國公；哲宗紹興三年（一〇九六年），被封端王；哲宗無子，死後趙佶於元符三年（一一〇〇年）即位，開始了他的帝王生涯。

他在位時期，正值北宋末年，國勢衰微，內憂外患，無力抵禦金兵的大宋朝，一味屈辱

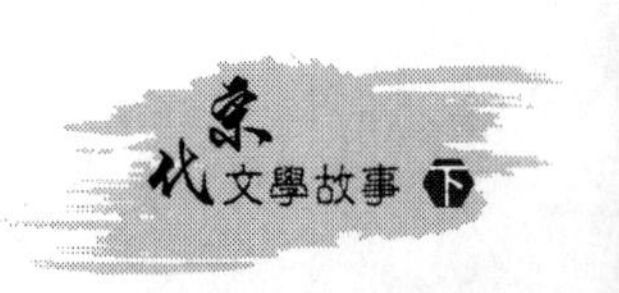

求和，對國內人民卻橫徵暴斂，人民不堪其苦，終於爆發了以宋江和方臘為首的農民起義。作為一國之君的宋徽宗，未能圖強以自救，相反，他卻沉浸於歌舞昇平之中，任用蔡京、王黼、童貫、梁師成、朱勔、李彥六奸賊，國家危在旦夕。宣和七年（一一二五年）年底，金兵大舉南侵，他匆忙退位，當上了太上皇，稱「教主道君太上皇帝」。靖康二年（一一二七年），被金兵擄走，開始了他的囚徒生活。

這就是作為昏君的宋徽宗。宋徽宗不是個好皇帝，但作為藝術家，他卻是出類拔萃的一個。

趙佶早年酷愛繪畫，他曾描繪過鶴的二十種不同姿態。他於山水、花鳥、人物畫都很精通。他作畫講求「法度」、「專以形似」，重視著色。他的花鳥畫〈芙蓉錦雞圖〉是當時院體畫的代表作品。畫的主體是絢麗的錦雞立於芙蓉枝頭，回望翩然雙飛的蝴蝶，左下角襯有一叢秋菊。整幅畫色澤豔麗。此外，他的花鳥畫作品還有〈五色鸚鵡圖〉、〈柳鴉圖〉，人物畫有〈聽琴圖〉，山水畫有〈雪歸江棹圖〉等。

趙佶的畫作〈芙蓉錦雞圖〉上題有一首五言絕句，右下角有「宣和殿御製並書」與「天下一人」的花押。趙佶的書跡，多為此類的書畫題跋。他的書法最初學黃庭堅，後來自成一格，筆勢勁逸，如「屈鐵斷金」，自稱「瘦金書」。同時，他的草書飄逸多姿，留傳下來的作品有真草〈千字文卷〉、〈大觀聖作之碑〉等。

趙佶又是個收藏家和鑒賞家。他「玩心圖書」，無一暇日。他把蒐集到的名畫集成《宣和睿覽集》。當時的古今精品，都在他的收藏之列，如：顧愷之的〈女史箴圖〉、吳道子的〈維摩像〉，以及宋初黃居寀等人的作品。這對於他吸收古今繪畫的優良傳統，形成他工細、富麗的畫風有很深的影響。

御花園內，到處是從全國各地蒐羅來的奇花異石，珍禽異木。這既滿足了宋徽宗的享樂生活，又增長了趙佶的見識，開闊了視野。

同時，趙佶又是一個出色的詞人。他的詞名很盛，但流傳下來的作品不多。並以「靖康之難」為界分為前後兩個時期。前期的作品反映身為皇帝的安逸享樂生活，後期作品則反映身為囚徒的無限愁苦，思想深沉。

自「靖康之難」後，徽宗先後經過真定（今河北省正定縣）、中都（今北京市）、上京（今黑龍江阿城縣）等地，最後輾轉至五國城（今黑龍江依蘭），於一一三五年病死於五國城，結束了九年的囚徒生活。

宋徽宗趙佶的一生，可謂大起大落——他既是個地地道道的昏君，又是個頗為出色的藝術家。皇帝、詞人、妓女，此三人，一君一臣一風塵女子，巧遇在一起，不知演繹了怎樣一段詞林韻事。

這妓女便是北宋的名妓李師師。她貌冠群芳，才藝尤絕。與她交往的大都是頗負名氣的文人學士。蘇軾十分賞識的「山抹微雲君」秦觀就和李師師有交往，他曾賦詩一首，描摹李師師的容貌：

遠山眉黛長，細柳腰肢嫋。
妝罷立春風，一笑千金少。
歸去鳳城時，說與青樓道。
看遍潁川花，不似師師好。

秦觀以花比人，而人更勝花，可見李師師的嬌美容顏。

自命「風流才子」的詞人周邦彥與李師師私交甚篤，周邦彥曾作〈洛陽春〉一詞贈與李師師，傾吐了他對李師師的一片愛悅之情。

「獨絕千古」的詞人周邦彥，其詞在北宋時就受到各階層的喜愛，盛傳各地。南宋末年陳郁曾這樣說：「貴人、學生、市儇、妓女，皆知美成詞為可愛。」（《藏一話腴》）名

妓李師師自不例外。一個是自命風流的才子，一個是色藝雙全的妓女，二人的相識、相交似乎很合常理。周邦彥精通音律，能自度曲，與師師交往時，正擔任大晟府（國家音樂機關）樂正的官職。李師師能歌善舞，二人在一起，以詞為媒，借歌、舞助興，甚是相得。據說，李師師曾想嫁與周邦彥，沈雄《古今詞話》引陳鵠《耆舊續聞》說：「師師欲委身而未能也。」

因何而未能？原來是皇帝老兒宋徽宗「不意」走進了香閨。徽宗趙佶，是個「風流天子」。他經常打扮成普通人的樣子，帶著大臣和太監，到汴梁城的大街上閒逛。作為一代君王，趙佶是昏庸無道，又好尋歡作樂；但作為一位藝術家，他卻是當之無愧的。他一見到李師師，既為其容貌所傾倒，又為其才藝所折服，於是便經常出入李家。他曾想納師師為妃嬪，因師師出身風塵，不合禮法，未能如願。就命人從宮中挖了一條直通李家的道地，這樣往來，不僅方便，而且隱祕。而周邦彥再往師師家，不免小心翼翼了。

據《貴耳集》記載，周邦彥曾在李師師家遇見過徽宗。事情是這樣的：一日，周邦彥來到李師師家，與李師師把酒唱詞。不巧，徽宗從道地裡出來。為人臣子的周邦彥忙躲至李師師的床下（一說復壁間）。徽宗隨身帶了江南新進貢的橙子，拿來與師師品嚐。宋人食橙子與現代人略有不同，要先準備一杯鹽水，切開來的橙子在鹽水中蘸一下再吃。皇帝與師師私

下的言語，都被床下的周邦彥聽了去。長於賦詞的他，就把這事寫成了一首〈少年遊〉：

并刀如水，吳鹽勝雪，纖手破新橙。錦幄初溫，獸煙不斷，相對坐調笙。低聲問、向誰行宿，城上已三更。馬滑霜濃，不如休去，直是少人行。

此詞寫出後，很快傳遍京城，不久傳入宮中。徽宗聽到後，龍顏大怒。皇帝一怒，周邦彥自然就要倒霉，被貶到外地去做官。

但事情還沒有結束。過了一日，徽宗又去李師師處，恰巧李師師不在。等了半天，才見師師回來。她愁容滿面，淚痕交錯。問起原因，卻原來是去為周邦彥餞行。道君皇帝十分不悅。李師師說起周臨行前作了一首慢詞〈蘭陵王・柳〉，徽宗便要李師師唱來聽，李師師含淚唱道：

柳陰直，煙裡絲絲弄碧。隋堤上、曾見幾番，拂水飄綿送行色。登臨望故國，誰識京華倦客。長亭路，年去歲來，應折柔條過千尺。閒尋舊蹤跡，又酒趁哀弦，燈照離席。梨花榆火催寒食。愁一箭風快，半篙波暖，回頭迢遞便數驛，望人在天北。淒惻，

恨堆積。漸別浦縈回，津堠岑寂，斜陽冉冉春無極。念月榭攜手，露橋聞笛。沉思前事，似夢裡，淚暗滴。

全詞由景生情，抒發了滿懷的離情別緒。再經李師師含情唱出，更是十分動人。徽宗簡直聽呆了。他也是識音律、工長短句的能手，聽到這樣一首詞，早已心動神搖，愛才、惜才之心頓生。於是便撤了懲罰令，讓周邦彥官復原職。

周邦彥這首〈蘭陵王．柳〉唱出後，即風靡詞壇。宋毛幵《樵隱筆錄》載：「紹興初，都下盛行周清真詠柳〈蘭陵王慢〉，西樓南瓦皆歌之，謂之『渭城三疊』。」可見該詞的影響之大。

這則趣聞雖然事出有因，卻也查無實據，記錄的人姑妄言之，讀者也不妨姑妄聽之。

至於三人最後的結局，也很不一樣：徽宗皇帝一一二七年被金兵擄走，由至尊無上的皇帝，一落而成為囚徒，幾次轉徙後，於高宗紹興五年（一一三五年）死於五國城（今黑龍江依蘭）；詞人周邦彥未能看到北宋淪亡的半壁江山，於一一二一年卒於南京鴻慶宮齋廳；至於李師師的下落，則說法不一：一說她在靖康之難開封失陷後，逃到湖湘（今湖南一帶），年老色衰，晚景淒涼；另一說則是她被金兵擄去，誓死不屈，在金兵大營里，脫下金簪自刺喉不死，又折斷它，吞金而亡。

歷史悠悠，一切已成塵跡。當後人茶餘酒後，拾起這些布滿塵埃的故事重新講談時，無盡的滄桑之感也會一時湧上心頭。

文壇伉儷：李清照和趙明誠

在我國宋代文壇上，李清照和趙明誠情趣相投、和諧美滿的婚姻，打破了封建社會裡男尊女卑的傳統觀念，尤其是他們在日常生活中演繹出的平凡的愛情故事，更成為流芳百世、名傳千古的佳話。

李清照是我國南宋時期著名的女詞人，她生於公元一〇八四年，卒於一一五一年，自號為易安居士，山東濟南人。

李清照從小生活在一個條件比較優裕、藝術氛圍濃厚的家庭裡。父親李格非在京城做官，曾經為了寫好文章而拜在蘇軾門下；母親王氏也是知書能文。家裡經常是貴客盈門，高朋滿座，他們或飲酒賦詩，或揮毫潑墨，使得少年時期的李清照耳濡目染，對詩詞產生了濃

厚的興趣，慢慢地自己也開始了創作，並且逐漸在京城裡小有名氣了。十八歲時，李清照嫁給了太學生趙明誠，夫妻二人恩愛有加，常常是共同研究金石書畫，一起填詞作詩，生活得幸福美滿。宋朝南渡後，李清照同丈夫倉皇南下，使得他們所收藏的文物被金兵付之一炬。後來，趙明誠病死在建康，她便開始了輾轉漂泊、孤苦寂寞的晚年生活。

李清照的一生，既經歷了表面繁華、危機四伏的北宋末年，也經歷了國破家亡、動盪漂泊的南宋時期。因此，她的詞也以南渡為界，分為前後兩期。前期詞主要是描寫她在少女、少婦時期的生活，以抒發對愛情的渴望和對自然的熱愛及對丈夫的思念為主，寫得曲折、含蓄，韻味深長，形象鮮明，代表作有〈怨王孫〉、〈如夢令〉、〈浣溪沙〉、〈一剪梅〉、〈醉花陰〉等。南渡以後，李清照的詞中，蘊含著沉痛的家國興衰之感，通過個人的不幸遭遇，表達了她對復國無望產生的憂愁和痛苦心情，反映出時代和社會的動亂，雖然情緒比較低沉，但具有一定的社會現實意義。這一時期的代表作主要有〈菩薩蠻〉、〈念奴嬌〉、〈聲聲慢〉、〈永遇樂〉、〈漁家傲〉等。

李清照的詞，主要是繼承婉約派詞家的特點，後期還兼有豪放派之長，她對詞的獨到見解以及她在詞的創作中所表現出的高超的藝術技巧，使她在宋代詞壇能夠獨樹一幟，形成了自己獨特的「易安體」。

易安體的特點之一是語言清新自然，通俗流暢，富於口語化。李清照善於駕馭現實生活中的語言，她的詞比較口語化，讀起來朗朗上口，淺而不俗，今日讀來依然是通俗明了。李清照在少女時代就已經小有名氣了。當時，她的父親李格非在京城做官，和趙明誠的父親是同事，因此，兩家之間的關係也比較密切。趙明誠是個酷愛文學藝術、喜歡蒐集整理金石碑帖的青年。有一天，他偶然在客廳裡聽到客人們的高談闊論，其中一人說道：「當今女輩，能作詩填詞者，都超不過格非之女。」另有一人還當場吟誦了李清照的幾首小詩。趙明誠聽後，心中非常佩服，並暗暗記下幾句。從此，只要是李清照的詩詞，趙明誠便愛不釋手。一日，明誠的父親來到書房，明誠便對父親說：「中午睡覺時在夢中讀了一本書，醒來只記住了三句話『言與司合，安上已脫，芝芙草拔』」，父親一聽，略一思忖，高興地說：「你要娶一個能填詞寫詩的媳婦了。你看，『言與司合』是詞字，『安上已脫』是女字，『芝芙草拔』是之夫二字，這不是說你要做『詞女之夫』了嗎？當今堪稱『詞女』的，也只有李格非之女李清照啊！」這一段夢中奇緣最終成全了趙明誠和李清照美滿的婚姻。

李清照和趙明誠結婚時只有十八歲，趙明誠比她大三歲。夫妻二人情趣相投，志同道合，他們不但喜歡詩詞創作，還共同研究整理金石書畫。有時候，趙明誠還會陪伴李清照去郊外春遊，或帶著李清照去參加親朋好友的宴席。剛結婚時，由於明誠是太學的學生，沒有經濟收入，於是每月初一父親總要給他們五百銅錢。但往往是趙明誠一手拿到了銅錢便馬上到相國寺去，購買一些好的碑文字帖，回到家裡，與李清照一起細細地品味，慢慢地欣賞。李清照也非常支持丈夫這樣做，為了多節省一些錢，她在家庭生活方面儘量節省，「食去重肉，衣去重彩，首無明珠翡翠之飾，室無塗金刺繡之具」。夫妻二人的共同愛好很快便傳遍了京城。一些書畫商只要一看到他們二人來了便馬上抬高價碼。有一次，一個人拿著一幅南唐著名畫家徐熙的〈牡丹圖〉來到了趙家，聲稱要二十萬錢才能出賣。趙明誠把他讓進客廳後，急忙請妻子來一起欣賞。李清照出來一看，果真是畫中精品，名家妙筆，但一聽要二十萬錢，遺憾地搖搖頭說：「上哪去籌集這麼多錢啊！」可又實在捨不得放棄，於是，想出了一個辦法，讓客人在家中住一個晚上，他們也好慢慢地品味。天亮了，當趙明誠交還〈牡丹圖〉時，夫妻二人依依不捨，惋惜得差點掉下淚來，他們著實為此難過了好多天。

結婚兩年後，趙明誠便被皇上委派了一個官職，夫妻之間不再是形影不離，日日相守，有時半個月、一個月，有時是一年半載，才得以見面。這離情別緒對於新婚不久的李清照來說實在是難以排遣，時間一長，也就只有靠作詩填詞來抒發自己寂寞孤獨的情懷和對丈夫的加倍思念。這一年農曆九月初九重陽節，李清照在家思念丈夫，飲了幾杯淡酒，不覺心潮湧動，詩興大發，提筆寫了一首〈醉花陰〉：

薄霧濃雲愁永晝，瑞腦消金獸。佳節又重陽，玉枕紗廚，半夜涼初透。
東籬把酒黃昏後，有暗香盈袖。莫道不消魂，簾捲西風，人比黃花瘦。

遠在異地他鄉的趙明誠接到此詞後，心中感嘆不止，自愧不如，卻又想超過李清照。於是，趙明誠閉門謝客三天，廢寢忘食三夜，寫了五十闋詞，他把自己寫的詞與李清照的〈醉花陰〉摻和在一起，請朋友陸德夫看。陸德夫對詩詞頗有研究，他從頭至尾細細品讀一遍，欣賞再三，最後說：「我看只有三句寫得絕妙。」趙明誠忙問是哪三句，陸德夫笑著說：「莫道不消魂，簾捲西風，人比黃花瘦。」趙明誠一聽，嘆道：「這三句正是清照所寫，我比不上她啊！」陸德夫也讚揚道：「早就聽說清照的大名，雖然是女流之輩，卻作得如此好詞，果真名不虛傳啊！」

李清照二十四歲的時候，跟隨丈夫回到了家鄉青州（今山東益都），他們把自己的書房稱為「歸來堂」，把內室稱作「易安室」。在這裡，他們遠離了城市的喧囂，得以靜下心來蒐集整理古籍文物；他們沒有政治上的干擾，可以一天到晚地從容閒談，坦然看書。經常是趙明誠搜集來金石書畫，李清照幫助整理校對正誤，白天做不完，晚上繼續做。蒐集的古籍越來越多了，他們便在「歸來堂」裡放上幾個大書櫥，把書畫古籍全部彙編成冊，分成甲乙丙丁，編好次序，寫明標籤，有秩序地排放在裡面。他們在青州住了十年，蒐集的書畫古籍等竟裝滿了十多間的房屋。夫妻二人雖說居住在鄉下，卻感到非常的充實、愉快。平日整理完圖書，二人就喝茶逗趣，有時作詩填詞，有時賞花散步，或者考校雙方的記憶力，夫婦生活得別有一番滋味、情趣。

公元一一二一年，十年的鄉下生活結束了。因為這年秋天，趙明誠出守萊州，李清照隨往。在萊州的三年裡，夫婦二人生活得安定、愉快，在李清照的大力支持和幫助下，趙明誠終於初步完成了一部記載我國古代豐富的歷史文物的著作——《金石錄》，這不能不說是趙明誠夫婦二十年來辛勤勞動的成果。

萊州三年的時光一晃就過去了。隨著時局的動盪，他們開始了顛沛流離的逃亡生活。這期間，由於金兵的入侵，使得他們留在青州的十多間屋子的書籍、字畫、器物等全部被搶劫一空，他們半生的心血都化成了灰燼。建炎三年（一一三〇年）五月，當趙明誠夫婦的船隻漂泊到池陽（今安徽省貴池縣）時，突然接到了皇帝的詔書，讓他出守湖州。於是，趙明誠把李清照安置在池陽，冒著六月的酷暑烈日獨自奔赴建康，去接受皇帝的召見。行至中途由於天氣炎熱，加上急著趕路，趙明誠在客棧裡便因中暑而病倒了，等他趕到建康時，終因勞累過度已由中暑轉為瘧疾。而李清照是直到七月底的時候才收到丈夫病倒的書信，她心急如焚，帶著驚慌和憂慮，乘船一個晝夜便趕到了丈夫的身邊。此時的趙明誠已經病入膏肓，危在旦夕了。李清照整日以淚洗面，悲痛欲絕。八月十八日，趙明誠在病榻之上寫了一首絕筆詩後便撒手告別了人世，離開了他心愛的妻子，時年僅有四十九歲。李清照傷心不已，痛哭流涕，以無比悲痛的心情含著淚為與她共同生活了二十八年的丈夫寫了一篇祭文，表達了自己對丈夫的深切哀悼。

趙明誠的離去，給李清照的精神和身體以沉重的一擊。從此，夫妻二人恩愛和諧的美好生活結束了，開始的是她一個人孤苦伶仃、無限淒涼悲苦的晚年生活，直到她離開人世。

岳飛：千古英雄留絕唱

在中華民族歷史上，有許多民族英雄，以其悲壯動人的愛國詩篇，激勵著千古中華兒女，岳飛便是其中最著名的一位。

岳飛（一一〇三—一一四二年），字鵬舉，相州湯陰（今河南湯陰）人。南宋著名將領，抗金名將。岳飛出身寒微，且生活在宋王朝多事之秋，因此從小立志精忠報國。「岳母刺字」的故事更是家喻戶曉。他在徽宗宣和四年（一一二二年）十九歲就入伍，英勇善戰，屢立戰功，被宗澤稱為「智勇才藝，古良將不能過」（《宋史・岳飛傳》）。岳飛率領的「岳家軍」轉戰南北，收復了大片失地，所到之處，敵人聞風喪膽，使金兵主帥兀朮發出了「撼山易，撼岳家軍難」的感嘆。尤其是在紹興十一年（一一四二年），岳家軍大破朱仙

鎮，收復中原在望，但是以宋高宗趙構、奸相秦檜為首的投降派，卻連發十二道金牌將其召回，並解除兵權。同年，以「莫須有」的罪名將其殺害。岳飛臨刑前寫下「天日昭昭，天日昭昭」八個大字，從容就義，年僅三十九歲。宋孝宗即位後，為其平反昭雪，賜謚武穆，寧宗時追封為鄂王，理宗時改謚忠武。

岳飛的英雄事蹟婦孺皆知，千古流傳。同時，岳飛還是個文學家，雖然留下的作品數量極少，卻以其高度的思想性和較強的藝術性，成為千古傳誦的名篇。

岳飛曾參加過鎮壓農民起義的戰鬥，因為在那個時代，忠君與愛國是相一致的。紹興三年（一一三三年），岳飛奉命從江州（今江西九江）前往虔州（今江西贛州）、吉州（今江西吉安）鎮壓那一帶的農民起義。在途經青泥市（今江西新淦縣）時寫下一首〈題青泥市蕭寺壁〉：

雄氣堂堂貫鬥牛，誓將直節報君仇。
斬除頑惡還車駕，不問登壇萬戶侯。

在詩中，作者把「報君仇」、雪國恥當作頭等大事，並且不計較個人功名，一個處處想

著「報國」的英雄躍然紙上。

也就在紹興三年（一一三三年）左右，岳飛負責長江防務，並率領岳家軍收復了襄陽六郡，這是南宋朝廷第一次大片收復失地，岳飛也由此被晉升為清遠軍節度使，年僅三十歲左右。此時的岳飛已戰功顯赫，意氣風發，對未來充滿希望，滿懷激情與信念，揮筆寫下一首氣壯山河的愛國詞章〈滿江紅〉：

> 怒髮衝冠，憑欄處，瀟瀟雨歇。抬望眼，仰天長嘯，壯懷激烈。三十功名塵與土，八千里路雲和月。莫等閒、白了少年頭，空悲切。靖康恥，猶未雪。臣子恨，何時滅！駕長車、踏破賀蘭山缺。壯志飢餐胡虜肉，笑談渴飲匈奴血。待從頭、收拾舊山河，朝天闕。

從詞中我們可以看到岳飛對敵寇的無比痛恨、對國恥的悲憤、對恢復中原故土的堅定信念，大有「不破樓蘭終不還」之勢。一個忠心耿耿、氣貫日月的民族英雄，就生動地浮現在人們眼前。對這首詞，歷來評價頗高。沈際飛稱其為「膽量、意見、文章悉無今古」（《草堂詩餘正集》）。陳廷焯更是感慨道：「何等氣概！何等志向！千載下讀之，凜凜然有生氣

焉。『莫等閒』二語，當為千古箴銘。」（《白雨齋詞話》）

襄陽大捷後，百姓歡欣鼓舞，岳飛也想藉此良機繼續挺進，乘勝長驅直入，收復更多失地。這時朝廷卻以「三省、樞密院同奉聖旨」之名，召岳飛火速班師回朝，岳飛只得率部回朝。看到朝廷失去大好戰機，岳飛懷著悲憤，在駐節鄂州（今湖北武昌）時，登上黃鶴樓，北眺中原，寫下〈滿江紅・登黃鶴樓有感〉：

遙望中原，荒煙外，許多城郭。想當年，花遮柳護，鳳樓龍閣。萬歲山前珠翠繞，蓬壺殿裡笙歌作。到而今、鐵騎滿郊畿，風塵惡。兵安在？膏鋒鍔。民安在？填溝壑。嘆江山如故，千村寥落。何日請纓提銳旅，一鞭直渡清河洛。卻歸來，再續漢陽游，騎黃鶴。

詞中岳飛遙想當年汴京城內的繁華景象，再看到今日中原一片荒蕪，激憤之情油然而生，恨不得馬上北伐。儘管這時他已被封侯，但仍念念不忘收復中原，殲滅胡虜，統一河山之志淋漓盡致地表達出來。

岳飛作為一名軍人，所作之詞慷慨激昂，千載之下讀之，仍令人熱血沸騰；即使委婉低沉之作，仍不忘抒寫愛國之志。紹興八年（一一三八年），正當前線捷報頻傳，凱歌高奏，廣大軍民抗金熱忱高漲之時，宋高宗再度起用投降派秦檜為相，進行議和。岳飛堅決反對，多次上書反對議和，但不被高宗採納，反而受到投降派的排擠、迫害；同時，其他的人也不理解他，如大臣張浚等，也多次進行勸阻。他深感理想難以實現，身邊又缺少志同道合的知音，抑鬱不住內心的憂憤，寫下〈小重山〉一詞：

昨夜寒蛩不住鳴，驚回千裡夢，已三更。起來獨自繞階行，人悄悄，簾外月朧明。白首為功名，舊山松竹老，阻歸程。欲將心事付瑤琴，知音少，弦斷有誰聽？

這首詞一改前面兩首豪邁之語，含蓄曲折道地出心中之事，寫出理想與現實的矛盾。我們看到的是一個屢受打擊、壯志難酬、獨自徘徊的惆悵英雄，但同樣可以看到其拳拳愛國之心。正如今人繆鉞在《靈谿詞說》中所論的那樣：「將軍佳作世爭傳，三十功名路八千。一種壯懷能蘊藉，諸君細讀〈小重山〉。」

「滄海橫流，方顯出英雄本色。」岳飛在投降派勢力占據上風之際，仍堅持收復故土。他雖不以文名，流傳的作品也極少，但這是岳飛以生命和血淚凝結的詩章，它能夠表現出處

於民族危難之時，一個民族所應追求的理想。通過這些作品，我們可以看到一個「凜凜然有生氣」的愛國英雄形象。「慷慨悲涼，數百年後，尚想其抑塞磊落之氣」（《四庫全書總目提要》），也只有這樣的作品，才能感召百世，千古傳誦。

薄命才女的「斷腸詞」

在中國古代，婦女被壓在社會的最底層，她們的命運往往是極悲慘的，因而社會上流傳著「自古紅顏多薄命」的說法。倘若不僅是「紅顏」，而且是才女，她的命運就更為悲慘了，因為在「女子無才便是德」的封建社會裡，這些紅顏才女是絕不能為社會所容納的。

這裡所介紹的，就是一個紅顏才女一生薄命的故事。故事的主人公，是宋代與李清照齊名的女詩人——朱淑真。

朱淑真，自號幽棲居士，浙江錢塘人。約生於北宋神宗元豐三年（一〇八〇年），約卒於南宋高宗紹興初（約一一三一至一一三三年），大約活了五十一二歲。她是我國明代以前女作家中寫作詩詞數量最多的人。

關於朱淑真的生平事蹟正史無載，而散見於《古今圖書集成》所引的《詩話》、魏仲恭的《斷腸集序》，還有《斷腸集紀略》以及一些野史小說中。然而，這些記載只是隻言片語，尚多有牴牾之處。所以近代一些學者又參證朱淑真的詩詞，進一步考訂了她的生平，使得她的事跡漸覺清晰。

女詩人在很小的時候便很聰慧機警，非常喜歡讀書，長大後不僅出落得相貌出眾，而且頗有才學，正所謂「文章豐豔，才色娟麗」。女詩人的少女時代，生活閑靜，幽居閨閣，無涉世事，所以世間的煩惱還沒有衝擊到詩人的心靈。且看她的〈夏日游水閣〉詩：

淡紅衫子透肌膚，夏日初長水閣虛。
獨自憑欄無個事，水風涼處讀文書。

這是天真無邪的少女生活的寫照，詩中充滿著爛漫的光彩。進入了青春期，女詩人像所有的女孩子一樣產生了青春的騷動，開始幻想她的未來，幻想她的愛情，幻想她的歸宿。

初合雙環學畫眉，未知心事屬他誰？
待將滿抱中秋月，吩咐蕭郎萬首詩。

這首詩名為〈秋日偶成〉，是女詩人的言志之作。詩中期盼著「滿抱中秋月」般的美好生活，希望找到一個像弄玉的丈夫蕭郎一樣的才貌雙全的郎君。因此，她開始有煩惱了，而這時的煩惱，還是一種莫名的煩惱：

停針無語淚盈眸，不但傷春夏亦愁。
花外飛來雙燕子，一番飛過一番羞。

見雙燕飛來飛去，逗出她形單影隻之愁，油然而生擇偶婚配之想，故而紅透兩頰，害起羞來。這是看到燕子引起的遐想，生出的羞愧。所以這首詩題為〈羞燕〉。播下愛情的種子，就會有愛情的萌生，就會有愛情的收穫。女詩人開始戀愛了。有人說〈生查子・元夕〉就是她這一時期的愛情寫照，但也有人說這首詞的作者是歐陽修：

去年元夜時，花市燈如晝。
月上柳梢頭。人約黃昏後。
今年元夜時，月與燈依舊。
不見去年人，淚滿春衫袖。

人都說，戀愛的滋味是苦辣酸甜的混合。女詩人的初戀便嘗到了這種甜蜜與苦澀相伴的愛情味道。從朱淑真的詩詞中我們可以知道，她初戀的戀人，是她理想中的才貌雙全的偶像：

門前春水碧於天，坐上詩人逸似仙。
白璧一雙無玷缺，吹簫歸去又無緣。
——〈湖上小集〉

她說他「逸如仙」，她稱他為「詩人」，她認為她與他堪稱「白璧一雙」珠聯璧合。

這樣的戀人多麼愜意！然而，女詩人的初戀中有一個不祥的陰影，上述兩首詩中「不見去年人」和「歸去又無緣」的描述已透露了這個資訊。這個不祥的陰影是什麼呢？便是朱淑真父母的干涉。《斷腸集序》說：「早歲，不幸父母失審，不能擇伉儷，乃嫁為市井民家妻，一生抑鬱不得志。」這說明，由於父母的阻撓，女詩人自己選擇的對象被否決了，而把她嫁給了她不喜歡的人，一對有情人終未能成為眷屬。朱淑真的人生悲劇，從此便開始了。

女詩人對父母給她選擇的丈夫是極不滿意的，她在〈黃花〉詩中說：

土花能白又能紅，晚節由能愛此工。
寧可抱香枝上老，不隨黃葉舞秋風。

詩中借物詠懷，表示了與其嫁與庸夫俗子，不如終身不嫁的心意。可是父母之命終難違抗，女詩人還是嫁了。儘管如此，她對她的丈夫始終沒有一絲感情：

鷗鷺鴛鴦作一池，須知羽翼不相宜。
東君不與花為主，何似休生連理枝。

在這首〈愁懷〉中，她把她的丈夫比作鷗鷺，把自己比作鴛鴦，說他們是「不相宜」的，上天是不該把沒有感情而又不相配的一對捏合成「連理枝」的。有人根據女詩人的〈春日書懷〉中的「從宦東西不自由」一句，認為朱淑真的丈夫並非是「市井民家」之子，說這位丈夫是個做官之人。即便如此，這個丈夫也絕不合朱淑真之意，因而她呼天喊地大鳴不平：「癡漢常騎駿馬走，巧妻偏伴拙夫眠。老天若不隨人意，不會作天莫作天。」所以她仍舊苦戀着初戀的情人：「昨宵徒得夢夤緣，水雲間，悄無言。爭奈醒來，愁恨又依然。輾衾裯空懊惱，天易見，見伊難！」因而她整日愁眉不展，以淚洗面：「婦人雖眼軟，淚不等閒流。我因無好況，揮斷五湖秋。」就這樣，女詩人在愁苦的煎熬中，在怨憤的呼號中，在與命運抗爭而又無法擺脫命運的掙扎中，走完了她的悲劇人生。

朱淑真死後，曾遭到許多封建文人的責難，說她「有違婦道」，就連她的父母也覺得這個女兒有辱家風，將她的詩篇「一火焚之」。這正應了女詩人生前的預感：「女子弄文誠可罪，那堪詠月更吟風。磨穿鐵硯非吾事，繡折金針卻有功。」

不過，同情朱淑真者也大有人在。稍後於朱淑真的宋人魏仲恭，就是其中之一。魏仲恭有感於女詩人的悲劇人生，悲憐於女詩人的不幸遭際，更稱許女詩人以淚和心血吟唱出的詩

詞，苦心輯集了朱淑真的遺作，並深表同情地題名為《斷腸詩集》，這樣才使得薄命才女的「斷腸詞」流傳後世。

偉大的愛國詩人：陸放翁

清代學者梁啟超曾有一首詩云：

詩界千年靡靡風，兵魂銷盡國魂空。
集中甚九從軍樂，亙古男兒一放翁。

——〈讀陸放翁集〉

詩中讚嘆的「亙古男兒」，就是我國偉大的愛國主義詩人——陸游。陸游，字務觀，號放翁，南宋越州山陰（今浙江紹興）人。徽宗宣和七年（一一二五年）十月十七日，陸游

出生在一艘漂泊的小船上。據說陸母生陸游時，夢見了北宋文人秦觀（字少遊），因此起名為陸游。當時，他的父親陸宰以朝請郎直祕閣權發遣淮南路計度轉運副使公事，奉詔朝京師，從楚州（今江蘇淮安）經淮河去汴京（今開封），我們的詩人就誕生在途中。

陸游出生不久，金兵開始入侵中原，陸游一家開始了顛沛流離的逃難生活。「少小遇喪亂，妄意憂元元」（〈感興〉），尤其是從家鄉山陰再次逃難到東陽（今浙江東陽）依靠豪傑陳彥聲的經歷，給陸游留下了深刻的印象。「避胡猶記建炎年」（〈書喜〉）是他深切的感受。陸游的父親陸宰，是一位力主抗金的愛國志士，在山陰避難時，常有抗戰派人士來與陸宰縱談國事，談到激憤之時，不是拍案而起，就是痛哭流涕。年少的陸游，耳聞目睹了他們的慷慨激憤之情，對他以後一生志在報國、恢復中原的影響是巨大的，他發憤立下雄誓：「兒時祝身願事主，談笑可使中原清。」（〈壬子除夕〉）

紹興十三年（一一四三年），陸游十九歲，參加了科舉考試。他對考取進士充滿了希望，希望通過進士中科實現報國的理想：「上馬擊狂胡，下馬草軍書。」（〈觀大散關圖有感〉）但這次考試他沒有中第，因為當時是主降派當權，陸游「喜論恢復」的文章自然不會被賞識。接著，詩人經歷了一次婚姻悲劇，在陸游二十歲左右的時候，他與舅舅唐閎的女兒唐琬結了婚。唐琬不僅美麗、活潑，而且還是當地有名的才女，與陸游興趣相投，因此婚後

夫妻之間伉儷相得，極盡恩愛。這也是陸游一生難得的快樂時光。

但不知什麼原因，陸游的母親，也是唐琬的姑母，卻對自己的侄女不滿起來，強迫陸游休了唐琬。陸游與唐琬感情甚深，自然不肯分離。但迫於母命，終於在婚後三年左右離異。不久，陸游另娶王氏，而唐琬也改嫁同郡人趙士程。

十年之後，在一個明媚的春日裡，陸游出游於家鄉禹跡寺南的沈家花園，恰好遇見了同來此地遊玩的唐琬與趙士程。儘管陸唐二人已分離十年，但彼此間並沒有真正忘懷。這次邂逅，更增添了兩人的惆悵之情，心中都有許多話想向對方傾訴，只是礙於封建禮節無法開口。趙士程早知道唐琬與陸游的往日婚姻，也非常大度，按照唐琬的意思，讓家僮送去酒餚以致意。陸游更加傷感，回想起以前二人琴瑟和諧的夫妻生活，以及這十年來的內心苦悶，於是借酒澆愁，在一堵牆上題了一首哀怨悱惻的詞：

紅酥手，黃藤酒，滿城春色宮牆柳。東風惡，歡情薄，一懷愁緒，幾年離索。錯！錯！錯！春如舊，人空瘦，淚痕紅浥鮫綃透。桃花落，閑池閣。山盟雖在，錦書難託。莫！莫！莫！

這就是後人所傳誦的〈釵頭鳳〉。不久，唐琬看到了這首詞，讀後心情更加難以平靜，想到自己與深愛的人能夠結合，本是一件幸福的事，但卻突遭橫禍，被迫分離，而心愛的人也同樣痛苦。唐琬含著眼淚，和了一首詞：

世情薄，人情惡，雨送黃昏花易落。曉風乾，淚痕殘，欲箋心事，獨倚斜闌。難！難！難！人成各，今非昨，病魂常似秋千索。角聲寒，夜闌珊，怕人尋問，咽淚裝歡。瞞！瞞！瞞！

這兩首詞風格極其相似，眼前的現實是那樣的殘酷：夫妻離異，勞燕分飛，欲哭無淚，欲罷不能，既然無法改變，只得各自在絕望中嘆息。不久，唐琬在這抑鬱痛苦中，離開了人世。

他與表妹唐琬的美滿婚姻硬被拆散，最後夫妻二人勞燕分飛，各自再婚。十年後，二人相遇於沈園，陸游寫下了那首著名的〈釵頭鳳〉，而唐琬不久也抑鬱而終。這段悲劇，是陸游一生的心靈創痛，他寫下了大量懷念唐琬的詩篇，直到晚年還寫下〈沈園二首〉，悼念早逝的愛妻。

愛情悲劇之後，緊接著就是一次政治打擊。紹興二十三年（一一五三年），陸游二十九歲，第二次參加科舉考試。陸游省試第一，但是臨安殿試卻被黜落了。原因是秦檜的孫子秦壎也參加了考試。秦檜希望能讓秦壎第一，但當時的主考官陳阜卿卻按成績把第一名給了陸游，秦壎第二。因此陸遊被除名黜落，陳阜卿也被罷官。詩人的報國之路又一次被阻，不得不回到山陰。但是，詩人並沒有因此改變志向、趨炎附勢，「奈何七尺軀，貴賤視趙孟」（〈和陳魯山十詩〉），表達了詩人對投降派的蔑視，同時，陸游也沒有抑鬱消沉下去，而是研讀兵書，為將來上戰場作準備。

紹興二十八年（一一五八年），陸遊終於入仕，出任寧德縣主簿。次年改調福州決曹掾。但陸游對這個「舉事為尤難」的小職務並不滿意，認為它離實現自己的理想相距甚遠。「平生四方志，老去轉悠哉」（〈晚泊慈姥磯下〉），正是他此時心情的寫照。紹興三十年（一一六〇年），陸游調到臨安任「敕令所刪定官」。這雖是個小官，但卻是京官，能夠更多地接近皇帝。陸游開始積極力陳抗金主張，希望能被高宗採納，同時又結交了一批愛國志士，如周必大、張孝祥、李浩等，組織抗金力量，「京華結交盡奇士，意氣相期共生死」（〈金錯刀行〉），陸游對前途充滿了信心。可惜好景不長，這些愛國志士相繼被罷官免職，陸游也罷歸山陰，詩人的理想又一次破滅。

紹興三十二年（一一六二年），高宗趙構將帝位傳給養子趙昚，即宋孝宗。趙昚算是一位比較有進取心的皇帝，即位之初，志在恢復，因此主戰派人士重新得以任用，尤其是抗戰派老將張浚重新出山，任右丞相兼樞密使，一時朝廷彌漫著抗戰氣氛。此時陸游也頗有名聲，有一天孝宗問周必大：「當今詩人中有能趕上李白的嗎？」周必大推舉了陸游。於是陸游有了「小李白」的稱號，被孝宗賜進士出身，任「聖政所檢討官」，不久調任鎮江府通判。這時，張濬正積極北伐，陸遊非常高興，發表言論，對北伐提出建議。乾道二年（一一六六年），陸遊以「交結臺諫，鼓唱是非，力說張浚用兵」（《宋史・陸游傳》）的罪名被罷職，陸遊又一次體會到了「報國欲死無戰場」（〈隴頭水〉）的苦悶心情。符離之敗使孝宗失去了北伐的信心，隆興二年（一一六九年），陸游入張浚幕中，這時朝廷中和議派已占上風，張浚的處境也很艱難，但陸遊仍積極主戰。正如他在後來罷居山陰時所寫的那樣：「早歲那知世事艱，中原北望氣如山。」（〈書憤〉）不久，張浚被罷相，八月病逝。

陸游在家鄉閒居了五年。但這五年中他的心並沒有閒下來，他還是準備隨時出來為國驅馳。他在〈聞雨〉裡寫道：「慷慨心猶壯，蹉跎鬢已秋……夜闌聞急雨，起坐涕交流。」可見詩人是時刻關注國家命運的。乾道六年（一一七〇年），陸游入蜀任夔州（今四川奉節）通判，這是個有職無權的官職，詩人常常與杜甫相比，他同情杜甫的遭遇：「拾遺白髮有誰

憐？零落歌詩遍兩川。」（〈夜登白帝城樓懷少陵先生〉）其實也是對自己坎坷命運的嗟嘆。

但是，詩人的理想不久又一次被激發了。乾道七年（一一七一年），陸游被四川宣撫使王炎闢為四川宣撫使司干辦公事兼檢法官。王炎志在恢復中原，因此陸遊入王炎幕後，又積極向王炎獻策，這一時期詩人意氣風發，與王炎「賓主相期意氣中」（〈懷南鄭舊遊〉），而且南鄭（今陝西漢中）又是抗金前線，詩人終於可以實現自己早年的夙願。他親自去前線考察地勢，提出建議，對勝利充滿信心，「獨騎洮河馬，涉渭夜銜枚」（〈歲暮風雨〉），是他艱苦的軍中生活的寫照，但詩人的心情是愉快的。這一段生活是陸游一生最值得自豪、最值得回憶的。「樓船夜雪瓜洲渡，鐵馬秋風大散關」（〈書憤〉），詩人至老還記憶猶新。

可惜幕府於第二年就因王炎調回臨安而解散了。陸游離開南鄭去成都，任成都府路安撫司參議官。在這裡，陸遊頗受冷落，心情苦悶，直到好友范成大到成都任四川制置使，才略有好轉。然而詩人又一次受到打擊，淳熙三年（一一七六年），陸游被言官彈劾「燕飲頹放」，被罷免，於是陸游索性自號「放翁」，並作下有名的〈關山月〉一詩。「和戎詔下十五年，將軍不戰空臨邊」，表達了詩人對現實的無奈與哀怨。此後，陸遊又陸續做了一些地方官，但都沒有機會實現理想，一直在任職、罷免、再任職、再罷免的動盪中生活，而以在野生活居多，但是仍然「未敢隨人說弭兵」（〈書憤〉）。

紹熙五年（一一九四年），孝宗趙眘去世，其子趙淳即位，即光宗。這時宗室趙汝愚、宮廷大臣韓侂冑發動宮廷政變，擁立新帝趙擴，即寧宗，朝廷大權逐漸被韓侂冑掌握。韓侂冑為了鞏固權勢，積極北伐，再次起用陸游。此時的陸游已七十八歲了，他感到自己報效國家的機會來到了，不顧眾人的非議，出任實錄院同修撰、同修國史。陸遊不計個人恩怨得失，就是為了能「滅虜收河山」。可是，北伐失敗，韓侂冑於開禧三年（一二〇七年）被部下史彌遠謀殺，宋金又一次議和，陸游恢復中原的理想徹底破滅了。

嘉定二年（一二〇九年）的一個寒冬，陸游這位為國家奮鬥了幾十個春秋、留下九千餘首詩歌的偉大詩人病逝了。臨終前，留下那首流傳千古的絕筆詩〈示兒〉：

> 死去元知萬事空，但悲不見九州同。
> 王師北定中原日，家祭無忘告乃翁。

這也是詩人一生的精神寫照。

縱觀陸游的一生，他始終把自己與國家、民族的命運緊緊聯繫在一起。他雖然屢屢因

「愛國」而獲罪，但仍赤心不改，不管自己處境的順逆。「男兒墜地志四方，裹屍馬革固其常」（〈隴頭水〉），詩人總是抱有堅定的信念，而且隨著時光的流逝，越來越堅定不渝。「壯心未與年俱老，死去猶能作鬼雄」（〈書憤〉），直到八十一歲時，仍舊「一聞戰鼓意氣生，猶能為國平燕趙」（〈老馬行〉）。詩人的筆下，包括了所有的愛國內容，它們是詩人一生政治生活的記錄。因此，陸游無愧於是繼屈原、杜甫之後我國的又一位偉大的愛國詩人。

「書癲」陸游：史上最高產詩人

陸游是文學史上作品流傳最多的一位詩人，一生大約做了九千一百多首詩，還有一部分詞、散文。作為一名「高產」且多膾炙人口詩詞的作家，陸游的作品思想內容慷慨激憤、鼓舞人心，藝術技巧也是高人一籌。這恐怕與陸游的博覽群書、採擷眾家之所長不無關係。

陸游出生在一個官僚士大夫之家，同時也是世代書香門第，家裡文學氣氛濃郁。他的祖父陸佃是王安石的學生，神宗時曾任國子監直講、集賢校理、崇政殿說書等職，著書有二百四十二卷，如《春秋後傳》二十卷、《爾雅新義》二十卷等，他還長於寫七絕、七律，著有《陶山集》。陸游的父親陸宰繼承家學，著有《春秋後傳補遺》一卷，同時也能作詩，但已散佚，只留下「奴愛才如蕭穎士，婢知詩似鄭康成」一聯。陸家藏書也極其豐富，為當

時越州藏書三大家之一。

在這種家庭氛圍的薰陶下，陸游從小就聰穎好學。據《宋史・陸游傳》記載：「年十二，能詩文。」並且這時他已開始讀《陶淵明集》。他還喜好讀岑參的詩，並給予他很高的評價，認為他的排位應緊接李白、杜甫之後。更難能可貴的是，年少的陸游並沒有把讀書看作個人博取功名的途徑。由於他「少小遇喪亂」（〈感興〉），再加上家中時常有主戰派人士來與父親談論國事，陸游把報國、報民明確為自己讀書的目的。正如他在〈讀書〉一詩中所云：「讀書本意在元元。」正因為他讀書的目的異常明確，因此他讀書達到了廢寢忘食的地步。

紹興十二年（一一四二年），陸遊十八歲，恰巧江西派大詩人曾幾到他家做客。陸游見到了仰慕已久的大詩人非常欣喜，並且拜其為師，這次拜師對陸游的詩歌創作有著重要的影響，陸遊學會了江西詩格。「我得茶山一轉語，文章切忌參死句」（〈贈應秀才〉），正是他學詩的心得。他認為這時才是他寫詩的開始，曾說：「予自年十七八學作詩」（〈小飲梅花下作〉），並把〈別曾學士〉這首詩作為《劍南詩稿》的第一首詩，可見他對這段經歷是非常懷念的。

乾道七年（一一七一年），陸遊任四川宣撫使王炎的幕僚，這段從戎生活大大地充實了陸游詩歌的內容，使他不再為詩歌內容單調而苦悶，在〈九月一日夜讀詩稿有感走筆作歌〉中寫道：

詩家三昧忽見前，屈賈在眼元歷歷。
天機雲錦用在我，剪裁妙處非刀尺。

這時的陸游已深化了對詩的體會，以至他總結道：

我初學詩日，但慾工藻繪；
中年始少悟，漸若窺弘大。
……
汝果欲學詩，工夫在詩外。
……

——〈示子遹〉

到了晚年，他談到作詩，說：

文章最忌百家衣，火龍黼黻世不知；
誰能養氣塞天地，吐出自足成虹蜺。
——〈次韻和楊伯子主簿見贈〉

也正是陸游在「詩外」下苦功，才使他的詩歌取得了高度的藝術成就。

陸游愛讀書，他甚至把自己的房間起名為「書巢」，他在五十八歲退居故鄉山陰時，作〈書巢論〉稱自己：「吾飲食起居，疾痛呻吟，悲憂憤嘆，未嘗不與書俱。」作為一名時刻不忘報國的知識分子，發憤讀書更引出自己無限感慨，因而陸游作品中有許多寫夜讀的詩篇，均為隨感而發。七十二歲時，作〈讀書〉：「讀書本意在元元。」七十三歲作〈讀書〉：「兩眼欲讀天下書，力雖不逮志有餘。」七十七歲作〈自勉〉：「讀書猶自力，愛日似兒時。」八十四歲作〈讀書主夜兮感嘆有賦〉：「老人世間百念衰，唯好古書心未移。」可見，這種好學精神、讀書報國的目標支撐其一生。

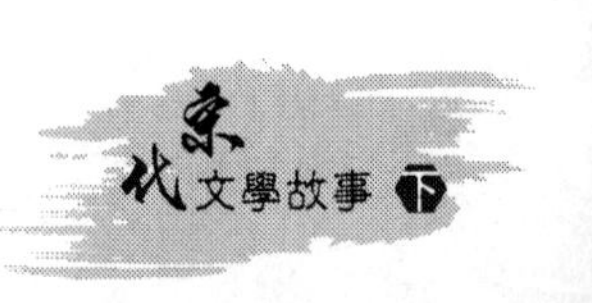

陸游不僅僅是一位詩人，同時也是一位具有淵博學識的學者，《會稽續誌》說他：「學問該貫，文辭超邁，酷喜為詩；其他誌銘記途之文，皆深造之味；尤熟識先朝典故沿革、人物出處：以故聲名振耀當世。」這與他博覽群書不無關係。

陸游曾三為史官，主持修孝宗、光宗兩朝實錄的工作。他的私人著作《南唐書》，可以與東漢范曄的《後漢書》相媲美，其宗旨是指出處在民族危難之時，人民應該團結一致，同心協力，恢復故土。

此外，他的一些散文，也很有特色。《入蜀記》是一部旅遊日記，記載了陸游於乾道六年（一一七〇年）入蜀任夔州通判沿途的山川景色，這不僅僅是部山水遊記，同時對研究地理也有著重要作用，明代徐霞客的名作《徐霞客遊記》明顯受到這部遊記的影響。晚年在山陰，寫下著名的《老學庵筆記》，其中記載了抗金活動，還有一部分是論詩的文章，很有文化價值，《四庫全書總目提要》稱其：「軼聞舊典，往往足備考證。」

大詩人陸游一生致力於收復中原，他渴望「上馬擊狂胡，下馬草軍書」〈觀大散關圖有感〉）的戎馬生活，但在「諸公尚守和親策」的年代裡，只落個「報國欲死無戰場」的結果。因此，在他的詩中出現了大量的關於夢的內容，來抒發自己的報國豪情。

據統計，在陸游的九千多首詩歌中，僅題目標明記夢的就有一百六十多首，如果算上其

他詩中有關夢的，數量就更多了。可以說，陸游是中國文學史上創作記夢詩最多，也最有成就的一位詩人。

俗話說：日有所思，夜有所夢。陸游生活在民族危難之時，山河破碎，人民流離失所，大好河山被異族鐵騎踐踏，詩人的心情難以平靜，以至夜不能寐：

徘徊欲睡復起行，三更猶憑闌干立。

——〈夏夜不寐有賦〉

八十將軍能滅虜，白頭吾欲事功名。

——〈冬夜不寐至四鼓起作此詩〉

這正是詩人心情的寫照，正如清人王士禎所言：「中原未定，夢寐思建功業。」（《帶經堂詩話》）

作為一名有志之士，陸游渴望殺敵報國、建功立業，實現畢生的理想，但是，朝廷上投降派卻占據上風，主戰派紛紛受到打擊、排斥，因而，陸游始終無法實現自己的夙願。

孝宗乾道二年（一一六六年），宋金和議，陸游因「力說張浚用兵」而被罷職。乾道六年（一一七〇年）才出任夔州通判這個小官。他在西行途中寫下〈晚泊〉。在詩中他感嘆身世：「半世無歸似轉蓬，今世作夢到巴東。」陸游並未因位卑而忘國，而是希望趕快到職。乾道七年（一一七一年），陸游入四川宣撫使王炎幕僚，到達南鄭，這是詩人一生中最快樂的時光，他真正到達了抗金的前線。可惜不久幕府解散，詩人的理想又一次破滅了，因而發出了「今朝忽夢破」（〈自興元赴官成都〉）的慨嘆，他在夜宿驛站時寫道：

逆胡未滅心未平，孤劍床頭鏗有聲。
破驛夢回燈欲死，打窗風雨正三更。

——〈三月十七日夜醉中作〉

「夢回」之後是何等的淒涼！陸游從南鄭到成都任成都府路安撫使司參議官，詩人終日無所事事，只得流連於天府之國的美景，但仍無法排遣其內心的苦悶，愛國情懷依舊縈繞心頭。一天夜裡，他聽到了浣花江的江水聲，聯想到了抗金戰場上那聲勢浩大的雄壯氣勢。「夢回聞之坐太息，鐵衣何日東征遼」（〈夜聞浣花江聲甚壯〉），詩人欲上戰場的心情是

多麼的急切啊！

正因為陸游的理想在現實中無法實現，因而他只能在夢裡得到滿足：

三更撫枕忽大叫，夢中奪得松亭關。

——〈樓上醉書〉

夜闌臥聽風吹雨，鐵馬冰河入夢來。

——〈十一月四日風雨大作〉

詩人不僅幻想著自己在沙場上縱橫馳騁，而且還憧憬著勝利後的情景。他在江西任提舉平茶鹽公事任上，作了一首〈五月十一日，夜且半，夢從大駕親征，盡復漢唐故地，見城邑人物繁麗，云「西涼府也」。喜甚，馬上作長句，未終篇而覺，乃足成之〉，詩中滿懷豪邁之氣，既有勝利後的喜悅：「駕前六軍錯錦繡，秋風鼓角聲聞天。」也有故土收復後中原的和平景象：「苜蓿峰前盡亭障，平安火在交河上；涼州女兒滿高樓，梳頭已學京都樣。」

陸游的一生是悲壯的，他時刻不忘記收復中原故土。

橫槊賦詩非復昔，夢魂猶繞古梁州。

——〈秋晚登城北門〉

壯心自笑何時豁，夢繞祁連古戰場。

——〈秋思〉

詩人經常在夢中想到中原，情繫故土，甚至在晚年貧困交加時，仍念念不忘。他在〈異夢〉中寫道：

山中有異夢，重鎧奮雕戈。
敷水西通渭，潼關北控河。
淒涼鳴趙瑟，慷慨和燕歌。
此事終當在，無如老此何。

陸游壯志難酬，在一心只想苟且偷安的南宋小朝廷中是很難找到知己的，因而在夢中夢見自己與高士奇人相會：

夢裡遇奇士，高樓酣且歌。
霸圖輕管樂，王道探丘軻。
……
真當起莘渭，何止復關河。
……

——〈二月一日夜夢〉

所謂的「奇士」就是能與他志同道合、「意氣相期共生死」的知音，通過與他們結交相會表達自己渴望知音、對現實政治的不滿之情。

縱觀陸游的記夢詩，殺敵報國、收復故土占據其絕大部分，但這種雄心壯志終究無法實現，只能在夢中馳騁想像，突破現實的樊籬。陸游作為一位偉大的現實主義愛國詩人，在記

夢詩中卻洋溢著濃郁的浪漫主義氣息，正是他擷採眾家之所長，加以融會貫通，使其詩歌風格更為多樣的結果。

剛柔並濟，不拘一格的稼軒詞

辛棄疾早年喪父，由祖父辛讚一手把他培養成人。當年金兵攻占濟南時，辛讚並未攜家南下，而是為了養家糊口不得不在金朝中擔任官職。當他在亳州的譙縣做縣令時，辛棄疾便已到了讀書年齡，跟隨祖父前往譙縣。當時，亳州有個人叫劉瞻，善於作田園詩，詩中充滿了清新野逸之趣，在當地頗有名聲。辛讚便讓辛棄疾去拜他為師，向他學習。劉瞻的門下雖然有許多學生，但在平時學習過程中表現得聰明穎悟、反應速度快的，卻只有辛棄疾和黨懷英兩個人。辛棄疾比黨懷英要小七歲，但他們畢竟是同學，而亳州人也認為他們二人的才華不相上下，因而，亳州的讀書界並稱他倆為「辛黨」。他們雖然受教於同一位老師，各自的理想和人生道路卻截然不同。辛棄疾為了民族的大業勇敢地走上了抗擊金兵的戰場，並屢

建戰功，成為一位令人敬仰的民族英雄和愛國詞人；而黨懷英則貪圖安逸享受，做了金國的達官貴人。

辛棄疾二十三歲的時候，帶領一部分起義軍歸入南宋朝廷後，以宋高宗為首的南宋政府卻並未重用他。他們先是解除了起義軍的武裝，然後派辛棄疾做江陰軍簽判，幫助地方官處理政務。儘管如此，辛棄疾仍然繼續堅持愛國主義的立場，用他那飽含激情、氣勢磅礡的詞和文章，來宣傳北伐抗金、收復中原、統一祖國的主張。

他一生當中留有詩詞六百多首，其中詩有一百二十多首，其餘皆為詞。這些詞又大都是在他兩度退休、二十年隱居閒散的生活中寫的。他的詞，常常是稿子還沒有修改好，就被朋友們搶去收藏起來了。有時，他隨便寫寫或寫了就燒，致使他的詞流失了不少。公元一一八八年，他的門人范開，將他創作的詞編成《稼軒詞甲集》，並寫了〈稼軒詞序〉，這才使他的詞得以保留下來。

辛棄疾的詞創作最多的時候，也正是他在政治生活當中最苦悶、最煩惱的時候。試想想，一個人的雄心抱負不能實現，那會是怎樣的心情？一個人的宏圖大志不能施展，那又是怎樣的情緒？無疑，他的心情是鬱悶的，情緒是低沉的。當這種心情無處表達時，就只好婉轉曲折地表現在他的作品裡。因此，辛棄疾的詞大多是反映民族、國家等方面的重大題材，

他的作品充滿了奮發激越的積極進取精神，反映人民的意願和苦悶，真切地反映了現實社會生活，有著強烈的感染力和號召力。其代表作有〈水龍吟・登建康賞心亭〉、〈永遇樂・京口北固亭懷古〉、〈破陣子・醉裡挑燈看劍〉、〈鷓鴣天・壯歲旌旗擁萬夫〉等等。也因為這些作品有奔放馳騁、生氣蓬勃的「豪放」風格，世人便把辛棄疾與蘇軾並稱。

辛棄疾的詞在藝術成就方面非常突出，他善於創造生動的形象，善於運用浪漫主義的手法表現豐富的想像。他寫長劍是「倚天萬里」，寫長橋是「千丈晴虹」，寫水仙花的盆景也是「湯沐煙波萬頃」，就連那突兀的青山，在他的想像中，不但嫵媚可愛，而且奔騰馳驟，像萬馬迴旋。這些生動、形象的描繪創造了深遠的意境，使辛棄疾的詞呈現出豪放的風格。

辛棄疾還善於運用比興的手法寄託自己的理想，並且運用大量的典故，託古喻今。對此，曾有人認為他「掉書袋」，是濫用書本材料來炫耀自己的淵博，連岳珂也向他提出過這一意見；而辛棄疾自己也承認，他對岳珂說：「夫君實中予痼」，「乃味改其語，日數十易，累月猶未竟。」

辛棄疾的詞在語言方面能力很強，可以說是唐、宋以來詞家中成就最高的。他打破了語言運用的範疇，豐富了詞的語言，開拓了詞的境界，運用民間語言、口語等輕鬆自如，明白流利，並且有很強的藝術性，尤其是他在寫農村題材的詞時，有的通俗易懂，有的明白如話，卻又不失他的創造性。

總之，辛棄疾是南宋時期第一流的詞作家，他的詞集豪放與婉轉、風流嫵媚於一身，為宋代詞壇的發展作出了突出的貢獻，也深深地影響著他之後的一些詞作家。

陳亮：「人中之龍，文中之虎」

陳亮，字同甫，婺州永康人。為人才氣超邁，喜談兵，論議風生，下筆數千言立就。宋孝宗朝，屢屢上書，言恢復大業，雖大談國事，但不慕功名，時人以為是曠世狂人。光宗紹熙四年（一一九三年）策進士，擢為第一，受簽書建康府判官聽公事，上任未至而卒。《宋史》稱頌陳亮：「志存經濟，重許可，人人見其肺肝。與人言，必本於君臣父子之義。雖為布衣，薦士恐弗及。家僅中產，畸人寒士衣食之，久不衰。」陳亮本人也有一篇題為〈自讚〉的短文，自畫其像說：

> 其服甚野，其貌亦古。倚天而號，提劍而舞。唯稟性之至愚，故與人而多忤。嘆

朱紫之未服，謾丹青而描取。遠觀之一似陳亮，近視之一似同甫。未論似與不似，且說當今之世，孰是人中之龍，文中之虎！

短文中描畫自己說，外貌是一身山野村夫的裝束，一幅古里古氣的嘴臉；行為是倚長天而呼嘯，把長劍而揮舞；性格是生來愚笨不諳世事，難於隨波逐流，與世俗寡合；一生遺憾是仕途窮困，壯志難酬；一生追求是不喜名利，笑傲江湖；自我評價是人中之龍，文中之虎。

《宋史・陳亮傳》說：「醉中戲為大言，言涉犯上。」疑即是因「人中之龍，文中之虎」之類言語。此語是託大狂放之語嗎？觀陳亮一生所作所為，當不愧「人中之龍」；覽陳亮一世詩詞文章，亦不愧為「文中之虎」。

宋孝宗隆興年間，南宋與金人議和，天下人多欣然，慶幸有了休養生息之機，唯有陳亮認為不可議和。當時婺州以解頭之身份向朝廷薦舉陳亮，陳亮因上〈中興五論〉。

宋孝宗淳熙五年（一一七八年），陳亮在太學為諸生，曾三次上書，孝宗赫然震動，欲提拔陳亮為官，可是陳亮只願為國獻計獻策，並不是要以上書求取功名，遂毅然還鄉。

宋孝宗淳熙十四年（一一八七年），宋高宗駕崩。來弔唁的金使，意態簡慢，引起了國

人不滿。陳亮有感於孝宗相知，特意到金陵，觀察山川形勢，然後寫了〈戊申再上孝宗皇帝書〉，大意是激勵孝宗堅定恢復中原的決心。

宋光宗紹熙四年（一一九三年），光宗策進士，問以禮樂刑政之要，陳亮以君道師道應對，深受光宗賞識。

陳亮作為一個平民百姓，能以國事為重，為恢復中原，統一天下，奔走呼號，其精神可嘉可表。宋喬行簡在〈奏請謚陳龍川札子〉中評價陳亮說：「陳亮以特出之才，卓絕之識，而究皇帝王霸之略，期於開物成務，酌古理今，其說蓋近世儒者之所未講。」「至若當渡江積安之後，首勸孝宗以修藝祖法度為恢復中原之本，將以伸大義而雪仇恥，其忠與漢諸葛亮、本朝張浚相望於後先，尤不可磨滅。」極稱陳亮「非所謂一鄉一國之士，乃天下之士」。足見陳亮自喻為「人中之龍」，並非虛誇。

陳亮的散文作品極富，其代表作是〈中興五論〉、〈酌古論〉、〈上孝宗皇帝三書〉和〈戊申再上孝宗皇帝書〉。他的〈酌古論〉從漢、唐以來許多重大軍事活動中總結歷史經驗教訓，作為南宋抗金的歷史借鑑；他的〈中興五論〉明確地表述了自己的抗金主張，建議朝廷要經營荊襄，作為抗金的根據地，並提出「節浮費」、「斥虛文」、「嚴政條」、「懲奸吏」等一系列的為抗金作準備的政治經濟措施；他的〈上孝宗皇帝三書〉和〈戊申再上孝宗皇帝書〉，則反複重申自己的抗金主張，同時更具體地分析了南宋和金人的政治經濟軍事形勢，提出了江南「不必憂」、和議「不必守」、金兵「不足畏」、主和派的投降理論「不足憑」的主戰觀點。古人評述陳亮「為文章，上關國計，下系民生，以祖宗之業為不可棄置，子孫之守為不可偏安」；古人評價陳亮其人「所謂真英雄、真豪傑、真義士、真理學者」。

陳亮詞現存計七十四首，多為超邁豪壯之作。其代表作是〈水調歌頭・送章德茂大卿使虜〉。據《宋史》和有關資料記載，陳亮一生中曾三次蒙冤，三次入獄，三次死裡逃生。

陳亮二十五歲時，陳亮家的一個家僮在家鄉殺了人。恰巧這個被殺的人曾侮辱過陳亮的父親陳次尹，被害者的家人懷疑僮僕殺人是陳亮主使的，便向官府狀告陳亮。官府拘捕了陳亮家的家僮，嚴刑拷打，直打得死去活來。那個家僮雖對殺人供認不諱，但矢口否認此事與陳亮家有關。於是官府又拘捕了陳亮的父親，關入了大牢。遇此大禍，陳亮的祖父、祖母憂思成疾，先後過世。陳亮的妻子也被娘家接了回去，陳亮的弟弟怕受牽連，帶著妻子躲出家門。家裡只有陳亮的妹妹一人，為先前去世的母親和剛剛去世的祖父、祖母守喪。這次橫禍，直鬧得陳亮一家家破人亡。當時的陳亮，已是名聞朝野的知名人士。早在十八歲時，陳亮便以〈酌古論〉一文受到婺州郡守周葵的賞識，被讚為「他日國士也」；二十歲時，陳亮遊學臨安，恰逢週葵升調入京，為同知貢舉兼權戶部侍郎。在周葵提攜舉薦下，他得交一時豪俊。此案既牽扯到陳亮，地方官不敢貿然行事，便向朝廷上報，極言案情嚴重，因而陳亮也被傳至大理寺受審。一樁普通的殺人案，一牽連到陳亮之家，為何竟掀起軒然大波？其因由《宋史》未有交代，然而考訂陳亮事蹟或可知之。宋孝宗隆興二年（一一六四年），南宋與金人訂約：正皇帝之號，與金為叔侄之國，歲幣減十萬，割商秦地。「天下欣然，幸得蘇息」，然而陳亮卻持有不同見解，曾作〈中興五論〉抨擊議和，文章寫成後，上報於朝廷，卻被某些官員扣押下來。從此事看來，朝中主和派很有可能藉此案做文章，欲置陳亮於死地。幸有當時朝官辛棄疾、羅點為他極力辯冤，丞相王淮知道皇帝不想讓陳亮死，這才赦免了陳亮父子之罪。

陳亮三十六歲時，曾親自到當時的京城臨安上書，十天之內，向宋孝宗連連進獻了三篇奏書。據說，第一次上書後，宋孝宗讀了陳亮的奏書，赫然震動，要將陳亮的奏書張榜於朝堂之上，以激勵朝臣，並要提拔陳亮入朝為官。一時間，朝中大臣不知道陳亮是幹什麼的，只有一個叫曾覿的朝官知道。曾覿便去見陳亮，可陳亮認為曾覿品格不高，恥於和他見面，竟跳牆跑了。因此，曾覿心中極不痛快。而其他的朝臣則認為陳亮的奏書直言不諱，擔心陳亮在朝為官會對他們不利，便從中作梗，阻撓宋孝宗召見陳亮。於是，陳亮又獻上第

二、第三篇奏書，詞情懇切，指言時弊，正中要害，所進措施，切實可行。宋孝宗看了更加賞識，決心召他在朝為官。而陳亮知道了，卻說：「我這樣做，是想為國家開創數百年的基業，哪裡是要謀求一官半職呀！」說罷，便毅然渡江回家去了。此次進京，讓陳亮頗為失望。他覺得朝廷對於恢復大業只不過是說說而已，朝中的權臣只圖偏安江南，毫無北伐之志。這樣，陳亮回到家鄉後，心灰意冷，於是便借酒澆愁，與家鄉狂士做長日之飲。有一次，陳亮酒後談起了國家大事，言語中流露出對朝廷的不滿。這事被一個想中傷陳亮的小人告發了，因此陳亮又第二次被關入了大理寺的大牢。先前，陳亮二十七歲之際，曾被家鄉以解頭身份推薦上京應禮部殿試，然而被黜落榜，陳亮大感不平。事後談起此事，屢屢表露出對當時的主考官何澹極大不滿，何澹聽說後，便懷恨在心。不想，這次主審陳亮的，正是已調任為刑部侍郎的何澹。這個小肚雞腸的何澹，乘機誣陷陳亮圖謀不軌，並屢用酷刑，打得陳亮體無完膚，還將此案上報給皇上，意欲處陳亮以極刑。宋孝宗對於陳亮，雖不滿於他辭官而去，但頗器重陳亮的才華。他獲悉陳亮犯案後，曾派人暗中調查，知道陳亮並無謀反之心。因此，在何澹上奏時，孝宗氣得在奏書上批了「秀才醉後妄言，何罪之有」幾個字，然後將奏書扔到了地上。就這樣，陳亮又一次逃脫牢獄之災，又一次免於一死。

陳亮四十二歲時，在家鄉參加鄉里舉行的宴會。鄉里人為了表示對陳亮的尊敬，按照

當地的風俗，特意在陳亮席上的肉羹中撒上了胡椒粉。有一個與陳亮同席的人，宴後歸家突然暴死，這人在病發時，曾對家人說席上的食物有異味，於是家人便懷疑食物有毒，狀告陳亮下毒害命。這一狀又告到了大理寺。大理寺便派酷吏嚴加審問，但陳亮本無辜，因而審來審去終不能定案。這樣案子就掛了起來，而一掛便是四五年。然而一波未平，一波又起。陳亮四十七歲時，鄉民呂興、何念四毆打呂天濟，打得很重，差一點打死了。這個呂天濟告到官府，說是陳亮主使的。當地的縣令王恬錄了口供，又將此案上報給大理寺。於是大理寺將陳亮兩案歸一，兩罪併罰，將陳亮押入大理寺候審。人們都以為此次陳亮必死無疑。陳亮無辜罹罪，自然上書申辯。當時主理大理寺的少卿鄭汝看了陳亮的申辯書，大為驚詫，他說：「陳亮這人是天下的奇才！如果朝廷殺了這無罪的才子，那就會上幹天和、下傷國脈。」於是向宋光宗力辯陳亮無罪，陳亮才第三次免遭劫難。這兩樁案子，大家一看便知，均為民事糾紛，然而一牽扯到陳亮，便被小題大做，直鬧到大理寺。想來，很有可能是那班朝中權姦，千方百計想置陳亮於死地而後快。陳亮自己也有所疑，他在〈何紹嘉墓志銘〉中說：「而當路欲以事見殺。」

陳亮一生三遭冤獄，可謂多劫多難，然而陳亮百折不撓，始終不改其志。有一則陳亮的軼文說：「見辱於市人，越夕而可忘其辱；見羞於君子，累世而不泯其羞。此丈夫所當履其道，免筆誅口伐於華門圭竇之間；實其行，免心喪膽落於目瞻耳聆之餘。」這是陳亮一生的座右銘，也是陳亮的人格寫照。與陳亮同時代的詩人葉適，在〈龍川集序〉中，對陳亮罹難蒙冤之事評論說：「同甫（陳亮字）其果有罪於世乎？天乎！余知其無罪也！同甫其果無罪於世乎？世之好惡未有不以情者，彼於同甫何獨異哉？雖然，同甫為德不為怨，自厚而薄責人，則疑若以為有罪焉可也。」這便是對陳亮人格精神的肯定。

詞人姜夔的合肥之戀

姜夔（約一一五五－一二二一年），字堯章，號白石道人，江西鄱陽人。南宋傑出的詞人，和辛棄疾、吳文英分鼎詞壇，名存千古。

姜夔一生浪跡江湖，到過許多地方。除了湖州、杭州和漢陽的姐姐家外，客居時間最長、停留次數最多的就要數合肥了。為什麼瀟脫不羈的遊子會一而再、再而三地鍾情於這塊多柳之地呢？原來，姜夔年少時曾在合肥發生過一段深摯的戀情。

宋孝宗淳熙三年（一一七六年），姜夔二十多歲。他客遊合肥，在赤柳橋一帶的歌樓中偶識了一對姊妹。她們色藝佳絕，一善古箏，「小喬妙移箏」；一善琵琶，「大喬能撥春風」，所演繹的詞曲情韻並茂，深深打動了姜夔的心。他對美有著特殊的領悟力，面對眼前

「蛾眉」「奇絕」、體態「輕盈」「嬌軟」，浪子有些迷失了。聽她們唱起自度曲〈淡黃柳〉，歌聲婉轉，特別是「燕燕飛來，問春何在，唯有池塘自碧」這幾句，更是心曠神怡。佳人也傾心於這位雖衣衫襤褸，卻一表人才，困頓中流露出英氣的才子。交談中，非常投洽，於是他們便走到了一起。

在姜夔的輔導下，兩姐妹的技藝大有長進，一曲〈淡黃柳〉引起了不小的轟動，人們竟稱她們為「柳淡黃」和「柳嫩綠」。兩姐妹除了和姜夔探討一些音律詩詞外，還細心地照料著姜夔的生活。

儘管這段有紅顏知己相伴的日子很快樂，但當時宋金交戰，國家的艱難也直接影響到了尋常百姓家。在兩姐妹的勸說下，姜夔依依不捨地離開了合肥。

姜夔過江到臨安後，看不慣南宋朝廷的腐敗，便想回合肥。可途中卻聽說合肥已淪陷，對戀人的擔心之情流於筆端，於是寫了最早的離別懷人之作〈一萼紅〉。該詞以「紅萼」起而以「垂柳」結，隱隱道出傷心語：「記曾共西樓雅集，想垂楊還裊萬絲金。待得歸鞍到時，只怕春深。」自此以後，姜夔每每詠物抒懷，多涉及梅花和楊柳這兩種令人傷感的相思之物。

當風塵僕僕的姜夔終於不再感慨「東風落靨不成歸」時，看到的卻是合肥巷陌淒涼蕭

條的景象。三人見面悲喜交集，互相敘說別離之苦。見姐妹二人安然無恙，姜夔住了一段日子後，便再次離去，雲遊江湖以盡野興。

在分離的日子裡，他們互通書信，一直保持著聯繫。情與筆至，一首首佳作便流淌出來。

宋光宗紹熙二年（一一九一年），姜夔已經三十五歲了。當他歷盡艱難，又一次來到戰亂的合肥探望二姐妹時，帶給姐妹的是他已娶了蕭氏（蕭德藻的侄女）的消息。這一次三人不歡而別。

分開之後，姜夔仍是割捨不下這段戀情，在他的詩詞中仍會不經意地念起。在應范成大的「授簡索句」時，面對雪中紅梅，因情所動而作詞，即刻成兩首。

一首是〈暗香〉，另一首是〈疏影〉。兩首詞筆墨飛舞，運筆空靈，無怪乎被張炎讚為「前無古人，後無來者，自立新意，真為絕唱」。

後來，南宋抗金大將劉錡在柘皋大敗金人之後，收回了合肥。這時，姜夔又忍不住想去探望二姐妹。但是，「衛娘何在，宋玉歸來，兩地暗縈繞」（〈秋宵吟〉）。所戀之人已在戰亂中不知去向了，姜夔自此便再也沒到過合肥。

但這一段深沉的愛戀，卻給姜夔以後的詞曲創作帶來了很大的影響。現在，姜夔的存詞大約有八十多首，其中有十八九首是懷念合肥所遇女子的作品。最著名的一首，是在他們分開六年後，即宋寧宗慶元三年（一一九七年）正月，姜夔元旦之夜夢見戀人，醒後不勝傷感而作的〈鷓鴣天〉：

肥水東流無盡期，當初不合種相思。夢中未比丹青見，暗裡忽驚山鳥啼。春未綠，鬢先絲，人間別久不成悲。誰教歲歲紅蓮夜，兩處沉吟各自知。

夢是人的潛意識中真實情感的自然流露。思極入夢，夢中之人，隱隱約約，並不真切。但這殘夢也偏偏被山鳥驚醒，不能久做。綿綿離恨在詞中更顯激切。可見，深摯淒美的愛戀，給姜夔的心靈帶來的震撼是永遠無法寧息的。姜夔多才多藝，精音律，善鑑賞，工書法，詩、文、詞俱佳，尤以詞著名。他的詞首首都是精金美玉，雖數量不多，但能獨樹清空、騷雅一幟，卓然成為南宋一大家。他雖在文學史上地位很高，但在仕途上卻頗不得意，一生沒有做過官。也許正是由於這個原因，反而成全了他的文學創作，讓他有機會能夠遊遍湘、鄂、贛、皖、江、浙一帶的好山好水，結交到志趣相投的許多文人志士。

他「野雲孤飛」般遊士的生活經歷，形成了灑脫不羈的性格和清雅高潔的品格。在范

成大的印象中，他甚似晉宋間的雅士。姜夔平生好學、好客、好藏書，陳郁《藏一話腴》中云：「白石道人姜堯章，氣貌若不勝衣，而筆力足以扛百斛之鼎。家無立錐，而一飯未嘗無食客。圖書翰墨之藏，汗牛充棟。」可以想見他的為人。他沒有憑藉自己卓越的才學，像其他江湖遊士那樣依附於高官貴族來尋個一官半職，或者阿諛奉承，過一種寄生蟲生活，而是以其獨特的個性，一生漂泊困頓，浪跡江湖。

早在姜夔幼年之時，他便常常跟著做漢陽知縣的父親遍遊那一帶的秀美景地。這在當時姜夔小小的世界中，便是神氣的「走南闖北」了。幼小的心靈中早早埋下了對江湖泉林的嚮往。

大約十四歲時，他的父親突然病逝，從此他只好寄居在漢川山陽村的姐姐家。在這段時間，他聽憑自己的興趣所在，或撫琴吹簫，或吟詩誦詞，或潑墨揮毫，或遊山玩水，在潛移默化中，文學修養和藝術才能得到增益。但他卻不想考取功名，也不想置買一些產業，整天就是外出交遊訪友。姐姐對他十分關心，常勸他要為將來打算。其實，姜夔何嘗沒有想過功名呢?只是「東風歷歷紅樓下，誰識三生杜牧之」。他在遊歷中，看清了南宋朝廷的腐敗、黑暗，大失所望，便開始以酒解愁，寄情於山川名勝、林泉雅趣之中了。

宋孝宗淳熙三年（一一七六年），姜夔曾過揚州。原來的「淮左名都」一片荒涼景象，感念今昔，他沉痛地寫下了迴腸盪氣的〈揚州慢〉：

淮左名都，竹西佳處，解鞍少駐初程。過春風十里，儘薺麥青青。自胡馬窺江去後，廢池喬木，猶厭言兵。漸黃昏，清角吹寒，都在空城。杜郎俊賞，算而今重到須驚。縱豆蔻詞工，青樓夢好，難賦深情。二十四橋仍在，波心蕩、冷月無聲。念橋邊紅藥，年年知為誰生。

姜夔以其精練傳神的妙筆，點染出昔日繁華的名都經過戰亂之後的慘狀。一聲號角、一彎冷月、一泓寒水，還有落寞的二十四橋，無一處不顯得淒寂，黍離之悲昭然紙上。

過淮揚之後，他又歷楚州，遊濠梁，泛洞庭，客武陵，留長沙，輾轉在湘、鄂之間。淳熙十三年（一一八六年），姜夔三十二歲，在瀟湘偶識蕭德藻（南宋著名詩人）。蕭德藻很賞識他的詩才，曾感嘆道：「四十年作詩始得此友。」欣然結為忘年交，並將侄女嫁給了他。從此，姜夔就不再回漢陽，而依靠蕭德藻住在了湖州。

第二年元旦，過金陵，三月遊杭州。由蕭德藻引見，認識了楊萬里。楊萬里很讚賞他的詞，尤其是「行人悵望蘇臺柳，曾與吳王掃落花」兩句。兩人談起來又甚是投機，成為好

友。楊萬里曾稱許姜夔「文無不工，甚似陸天隨」，詩有「裁雲縫月之妙思，敲金戛玉之奇聲」。蘇州的范成大看過姜夔的詞後，也暗暗稱妙。交往後，范成大更心折於姜夔出類拔俗的風度，稱許他為「翰墨人品似晉宋之雅士」。自此，三人成為摯友。

光宗紹熙元年（一一九〇年），姜夔因特別喜歡吳興弁山的清雅環境，便把家安在了山上的白石洞旁，因而又被永嘉潘檉稱為白石道人。

紹熙二年（一一九一年）冬，姜夔從吳興出發，冒雪乘船去蘇州石湖拜訪范成大。這一次，他在范家住了一個多月。兩人製譜填詞，飲酒暢談，好不痛快。一天，在范村（范成大家花園）賞梅，范成大請他譜新曲作詞。姜夔看到雪中紅梅，才思突湧，用月下吹笛來烘托情境，人面梅花相映，不管春寒，更顯得人的清高拔俗。梅花冷香襲人，詞興所致，姜夔暢然寫下內心的感受。寫成之後，范成大極為讚賞，把玩不已，命家中的歌妓學習演唱，音節和諧婉轉。歌女中有一名叫小紅的，尤其喜愛唱這新詞，而這詠梅的新詞即是後來膾炙人口的兩首名篇〈暗香〉和〈疏影〉。當除夕姜夔離開時，范成大便將歌女小紅贈送給他。這夜正趕上大雪紛飛，船過垂虹橋時，姜夔即景生情，寫下一首詩：「自作新詞韻最嬌，小紅低唱我吹簫。曲終過盡松陵路，回首煙波十四橋。」真有如神仙一般了。其實不過是舊時文人風流倜儻生活的寫照而已。此後，姜夔每次譜曲填詞後，小紅就歌而和之。

在吳興小住了一段時間後，姜夔還是回到了湖州。在那裡大約住了八九年。中間他雖然又到過臨安、合肥、蘇州、金陵、紹興、南昌等地，但時間都很短。

慶元三年（一一九七年），蕭德藻晚年生病，他的兒子把他接了去。這一下，姜夔失去了依靠，不得已只好把家搬到浙江杭州，投奔他的另兩個摯友張鑑（字平甫，淳熙間做過州的推官）和張鎡（字功甫，與平甫為異母兄弟，做過奉議郎官）。

姜夔自己曾經說過：「舊所依倚，唯有張兄平甫，其人甚賢，十年相處，情至骨肉。」姜夔與張氏兄弟雖情同手足，不分你我，但姜夔終究也是七尺男兒，並不甘願依賴他人生活。傳統的「四十五十而無聞焉」的「無聞」心情，還促使他想把自己的才能用於當世。於是，在他剛搬到杭州的那年，四十三歲的他向朝廷進獻了〈大樂議〉和〈琴瑟考古圖〉，但朝臣們早就聽說過姜夔的才識，為了讓自己的官位坐得更穩些，索性來個不予奏議。於是，這一次的進獻便石沉大海了。事隔兩年，姜夔仍不死心，試圖再次證明自己的實力，又向朝廷獻上一部《聖宋鐃歌十二章》。所幸這次終於可以在禮部和進士們一起考試了，然而他仍是未被選中。之後，他便再不對南宋朝廷有什麼幻想，成為浪跡天涯的布衣游士。

張鑑和張鎡，是南宋大將張俊的後代，世代顯貴，家產很富有，總是照顧姜夔及其全家。在杭州的十來年間，姜夔和許多的當世名公鉅儒成為好朋友。這些人或愛其人，或愛其

詩，或愛其文，或愛其字，姜夔的知己不可數計。但他卻從不折腰乞官，依然過著貧困的生活。寧宗嘉泰二年（一二〇二年）張鑑去世後，姜夔無論是生活上還是精神上，都感到「今惘惘然若有所失」。

屋漏偏逢連夜雨，沒過兩年，姜夔的住宅又被一把大火毀掉，只落得「壁間古畫身都碎，架上枯琴尾半焦」，他的生活壓力越來越重了。他的另一好友張岩雖也經常慷慨解囊接濟他，但有時，也還需要賣文賣字來維持生計。在貧窮困頓中，他苦苦地煎熬著。

可憐南宋詞中一代巨匠，在他死時卻窮得無錢下葬。宋寧宗嘉定十四（一二二一年）年，姜夔倒在了杭州西湖。「除卻樂書誰殉葬，一琴一石一蘭亭」（蘇泂〈到馬塍哭堯章〉）。好友吳潛好心資助，含淚把他葬在杭州錢塘門外的西馬塍。

南宋詞中雙巨擘之一的姜夔，就這樣悄然淒慘殞沒。他漂泊無定的一生留下了謎一般的運行軌跡，後人只能從他留世的作品中隱約探尋。他的作品有《白石道人詩集》、《白石道人歌曲》、《詩說》、《續書譜》等。

繼承辛詞傳統的劉克莊

南宋豪放派以辛棄疾為代表形成一個氣勢龐大的作家群。這個作家群以張元幹、岳飛及中興四大名臣（李光、李綱、趙鼎、胡銓）等人為前驅，以陸游、張孝祥、陳亮、劉過等人為羽翼，以劉克莊、戴復古、黃機、吳潛、陳人傑等人為後繼，餘波直至宋末元初的劉辰翁、文天祥、劉將孫、汪元量等人。他們多以拯救國家與民族為己任，詞中充滿愛國主義激情。

劉克莊是辛派詞人中的重要人物。馮煦曾推劉克莊可以和陸游、辛棄疾三足鼎立。這評價雖然有些過頭，但在南宋末期詞壇中，劉克莊以雄壯剛勁的詞風同當時盛行的騷雅靡曼的「醇雅詞」相對立，的確有點空谷足音，不同凡俗。

劉克莊，初名灼，字潛夫，號後村居士，諡文定。宋興化軍莆田縣（今屬福建）人。他生於孝宗淳熙十四年（一一八七年）七月，卒於度宗咸淳五年（一二六九年）正月，享年八十三歲。

劉克莊出生在一個十分有教養的官宦家庭，良好的家庭環境，使他有機會廣泛閱讀，對充滿豪情的稼軒詞「幼即能誦」。家中賓客往來，使他對國家的內外形勢也有清醒認識。他一生經歷了孝宗、光宗、寧宗、理宗、度宗五朝，主要活動在理宗時期。當時國內階級矛盾激化，農民起義接連不斷，國勢在奸臣爭寵的雞犬相爭中日趨沒落。劉克莊面對嚴峻的社會現實，主張政府改良政治，抑制兼併，減輕徭役和稅收，這樣才能使人民安居樂業。他曾說：「夫致盜必有由，餘前所謂貴豪闢產誅貨，官吏徵求土地是也。」這裡，他一針見血地指出了造成農民起義的主要原因是大地主大官僚的瘋狂聚斂。這樣直率的官吏必然會得罪有權有勢的權臣，所以劉克莊在仕途上屢遭波折，長期被摒斥不用，一生做官時間總共不過五年。

劉克莊是一個硬骨頭的人，頭腦清醒，才思敏捷，他在無處報國的情況下將強烈的責任感和使命感融入到詩作之中，用另一種形式來參與現實。

寧宗嘉定十一年（一二一八年），劉克莊出任江淮制置使李珏幕府，並且參加了防禦金兵入侵的戰爭。當時，他血氣方剛，欲把自己的文韜武略施展出來。站在轅門處，手中持著

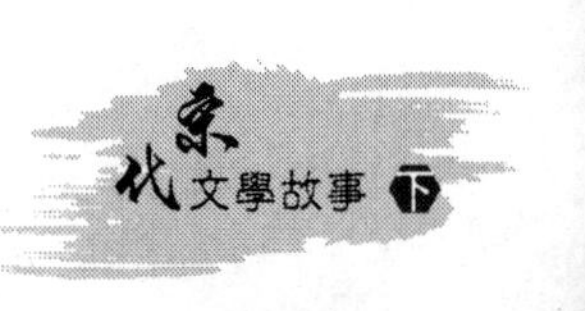

殺敵的武器，身上披著禦敵的戰衣，他們在寒氣襲人的早晨奔殺在戰場上，又在黑夜狂風中搶渡大江。經過艱苦卓絕的鬥爭，金兵終於退卻了。他起草文書欲報佳音，可是在反對勢力的誣告下，劉克莊只好被迫離開了戰場。這一段激動人心的經歷證明了他的才華，也使他因不能為保家護國作貢獻而激憤異常。在理想與現實的矛盾面前，劉克莊只好以吟風弄月來耗費生命的熱力，其實，現實中的他依舊是充滿朝氣的。

如果說，劉克莊的人生境遇與辛棄疾有某種相似之處，那麼劉克莊對辛詞「大聲鏜鞳，小聲鏗鍧，橫絕六和，掃空萬古，自有蒼生以來所無」的讚譽，則證明了兩人在藝術追求上的相通。在〈後村長短句〉中，劉克莊經常採用辛棄疾所善用的〈賀新郎〉詞牌進行創作，這也是劉克莊學辛詞的一個標誌。

可以說，劉克莊的詞作中沒有軟媚纖弱之氣，他的作品切近時事，或「發騷人墨客之豪」，或「哀而不溫，微而婉」，以抒「放臣逐子之感」（〈劉叔安感秋入詞跋〉），在內容上也繼承了辛詞的優良傳統。另外，在詞壇「雅詞」盛行的情況下，劉克莊挺身而出，繼承前賢，樹起豪放詞風的大旗，在國家和民族的危難之際，譜寫了感人的愛國之曲。儘管他成績不如辛棄疾，但他也為宋代的豪放詞添寫了有力的一筆，算得上是南宋末期繼承辛詞傳統的最優秀的詞人。清初張謙宜於《絸齋詩談》中說：「劉後村詩，乃南渡之翹楚，讀之忘倦。」是的，劉克莊是一個具有多方面文學成就的人。他既是南宋著名的辛派詞人，又是江湖派最優秀的詩人。他的詩作在江湖詩人中不僅質量最高，而且數量也最多，流傳至今的約有四千五百首。

劉克莊酷愛寫詩，本可以在社會上一展才華，但在奸臣當道的時代裡，卻因寫詩而落獄十年，飽歷人世滄桑。故事還需從頭說起。

南宋寧宗、理宗年間，杭州書商陳起憑著優越的地理位置和優厚的財力，結交了當時很多文人雅士，相互之間應酬唱和。寶曆初年，他在朋友的支持下蒐集選擇了部分詩集出資刻印，稱為《江湖集》，以後又陸續印刻了《江湖前集》、《江湖後集》、《江湖續集》、《中興江湖集》等。劉克莊在當時也有一定聲望，與陳起也常往來，所以他的詩也被選錄，其中有一首詩叫〈落梅〉：

一片能教一片腸，可堪平砌更推牆。
飄如遷客來過嶺，墜似騷人去赴湘。
亂點莓苔多莫數，偶黏衣袖久猶香。
東風謬掌花權柄，卻忘孤高不主張。

這首詩是劉克莊的詠梅佳作。當時，他正在建陽縣做官。他為人正直，辦事利落，凡有上訴案件都能及時處理，頗受當地人民的歡迎。他雖然為一方土地求得穩定的社會環境，卻無力也無法改變國內的政治時局。

寧宗死後，南宋朝廷已經氣息奄奄，瀕於滅亡。統治階級不但不齊心救國，反倒是相互陷害，爭奪王權。當時的權相史彌遠就私下里改寫了寧宗的詔令，擁立趙昀做了皇帝，而改封皇子趙竑做趙王，並令其遠居湖州。理宗寶慶元年（一二二五年），湖州人潘王等人謀劃造反，並打算擁立趙竑做皇帝。可趙竑並不是有宏圖大略之人，他顧及到潘王等人造反可能不會成功，如果這樣的話，自己不但不能稱王，反而會惹來殺身之禍。於是他就悄悄地將謀反一事上報給朝廷。

趙昀做了皇帝，畢竟是心懷鬼胎。他接到趙竑的奏摺後立即找史彌遠商量對策，當場就決定派人到湖州平定叛亂。與此同時，史彌遠擔心趙竑日後有所圖謀，必將危及自己，私下裡逼迫趙竑自殺了。可憐一代皇族，既不能救國救民，也不能保全自己。

這件事情發生後，人們都很不滿。真德秀、魏了翁、洪咨夔等人上書皇帝，為趙竑申冤。皇帝與史彌遠本是一丘之貉，並不會伸張正義。可詭詐的史彌遠害怕皇帝念起手足之情

而殺害自己，便指使爪牙羅織罪名，陷害忠良。劉克莊〈落梅〉詩中「東風謬掌花權柄，卻忌孤高不主張」一句，本來是譴責東風不知道憐香惜玉，卻偏偏掌握了對萬物的生殺大權，尤其忌妒梅花的孤高；實際上也是譴責、諷刺嫉賢妒能、打擊人才的當權者。所以〈落梅〉詩一刊印，便被言官李知孝指控為「訕謗當國」，史彌遠更是忍受不了這種明譏暗諷，就下令嚴懲劉克莊。年僅二十三歲的劉克莊從此坐牢十年。這就是歷史上有名的「落梅詩案」。

劉克莊寫詩落罪後飽歷人世滄桑。端平改元（一二三四年），理宗親政時期，他進入真德秀帥府做幕僚，後又經歷了三起三落，最高做到了工部尚書。就這樣，他親眼目睹了統治者的種種劣行，也親歷了仕途的艱難坎坷。劉克莊作為江湖詩人中少有的達到過顯貴地位的人，豐富的人生閱歷為他的詩歌創作提供了豐富的創作素材。他在〈病後訪梅九絕〉中自嘲說：「夢得因桃數左遷，長源為柳忤當權。幸然不識桃并柳，卻被梅花累十年。」確實，在奸臣得寵、競爭激烈的時代裡，他真是「老子平生無他過，為梅花受取風流罪」（〈賀新郎·宋庵訪梅〉），「不是先生喑啞了，怕殺烏臺詩案」。雖然劉克莊多次危言，十年被謫在內心深處留下的傷痛，可是現實生活中他並沒有屈服於權貴，而是大量創作詠梅詩詞，一生共寫了一百三十多首。他也常常以梅自喻，表達自己不屈不撓的高潔品格。

劉克莊宦海沉浮，在學詩路上則是「融液眾格」。在經受過「落梅詩案」風波後依舊酷愛寫詩。本來，劉克莊最開始是向「四靈」詩人學習的，後來感覺到他們只是在固定的形式、狹小的意境中徘徊，就轉而學習晚唐詩人張籍、李賀等人的詩風，同時又效仿江西詩派喜歡化用典故、推敲對偶及聲律的做法，以此來調和補救晚唐體「捐書以為詩失之野」和江西詩派「資書以為詩失之腐」的不足，力圖讓詩歌輕快流動、神韻兼長。雖然劉克莊在詩歌創作上學習多家長處，但因為他創作草率，所以沒有形成自己的獨特風格。方回在批評劉克莊的話中有一句是：「飽滿『四靈』，用事冗塞。」意思是說：一個瘦人飽吃了一頓好飯，肚子撐得鼓鼓的，可是相貌和骨骼還是變不過來。方回的話指出了劉克莊作品的不足，但劉克莊晚年還是有許多用典自然、氣勢開闊的詩作。

劉克莊因詩惹得一生沉浮不定，也因沉浮不定的生活而創作出大量有生命力的詩作。劉克莊正是因為他對祖國愛得深沉、對時局看得真切才成為「江湖詩人」中最優秀的一位。他有《後村先生大全集》留於後世。

布衣詞人吳文英的戀情詞

南宋詞人吳文英布衣出身，詞名顯著。史書中關於他的記載很少，詞作成了研究他的重要材料，透過曲曲真情的戀情詞可以看到一個重感情、有才氣的吳文英。

吳文英，字君特，號夢窗，晚號覺翁，四明（今浙江鄞縣）人。夏承燾著〈吳夢窗系年〉，估定他生於慶元六年（一二○○年），卒於景定元年（一二六○年），張鳳子認為他生在嘉定十年（一二一七年）以後，楊鐵夫在〈吳夢窗事跡考〉中提出他卒於德祐二年（一二七六年）。關於詞人的生卒年，還是個疑問。

吳文英原本姓翁，與翁逢龍、翁元龍是親兄弟。他的哥哥翁逢龍，字際可，號石龜，在宋寧宗嘉定十年（一二一七年）中進士，嘉熙年間做過平江通判。弟弟翁元龍，字時可，著有《處靜詞》。大概吳文英因過繼給吳家，才改了姓氏。

吳文英小時就酷愛文學，但他不喜歡科考，也就不去專心準備考試，所以一生也沒有科場揚名的機會，自然也就無法走入正當的仕途。吳文英為人較坦率，他以詞人和江湖遊士的身份結識了許多知名人士及一些有權勢的達官貴族。紹定五年（一二三二年）起，吳文英在宰相吳潛的幫助下做蘇州倉臺幕僚，一做就是十二年。淳熙九年（一二四九年）以後，他又到越州做了嗣榮王趙與芮和吳潛的幕僚。吳文英一生主要活動於現在的江蘇、浙江兩省，其中在蘇州、杭州住的時間最長。

吳文英在蘇州時，南宋小朝廷正是一片虛假繁榮的景象，文人墨客流連歌妓舞館是很正常的事。吳文英當時正是青春年少，對愛情也是充滿了浪漫幻想。他在遊玩中結識了一位民間歌妓，女子貌美如花，能歌善舞，深得吳文英的寵愛，兩人之間也建立起真摯的愛情。然而，在男尊女卑的封建時代，男子尋花問柳無可厚非，女子身為歌妓，就無權獲得長久而穩定的愛情。歌妓儘管做了吳文英的小妾，但最終還是被遣走了。一段純真的愛情以悲劇而告終，這在感情豐富的吳文英心中，留下了深深遺憾。

人到中年，少了年輕時的輕狂，吳文英在中年客寓杭州時依舊風流不減。一年春天，他在家奴陪同下到郊外野遊。行到西陵路口，他見一個有錢人家的歌姬貌美無雙，能歌能舞，

就產生了愛慕之心。他讓奴婢送書信給歌姬，歌姬對他也一往情深。從此兩人頻頻幽會，共同遊覽南屏，寄宿西湖，往來在西陵、六橋之間。不是明媒正娶總難長久，在兩人最後一次分別時，不幸的歌姬預感到危機的到來。果然，等到吳文英再來六橋看望時，歌姬已含恨而亡了。這段情事，又在吳文英心中印下難以抹去的記憶。

吳文英的兩段戀情，都以失敗而告終，他執著追戀的女子因身份、地位的低卑，不能成為他朝夕相伴的愛人。人去情在，真摯的感情鬱結於心，遇有機會就要釋放出來。

〈鶯啼序〉是吳文英的代表作。在其中的一首詞中，他懷念兩位深愛過的女子，表現傷春傷別之情。全詞如下：

殘寒正欺病酒，掩沈香繡戶。燕來晚、飛入西城，似說春事遲暮。畫船載、清明過卻，晴煙冉冉吳宮樹。念羈情遊蕩，隨風化為輕絮。十載西湖，傍柳繫馬，趁嬌塵軟霧。溯紅漸、招入仙溪，錦兒偷寄幽素。倚銀屏、春寬夢窄，斷紅濕、歌紈金縷。暝堤空，輕把斜陽，總還鷗鷺。幽蘭旋老，杜若還生，水鄉尚寄旅。別後訪、六橋無信，事往花委，瘞玉埋香，幾番風雨。長波妒盼，遙山羞黛，漁燈分影春江宿，記當時、短楫桃根渡。青樓彷彿，臨分敗壁題詩，淚墨慘淡塵土。危亭望極，草色天涯，歎鬢侵半苧。暗點檢：離痕歡唾，尚染鮫綃，嚲鳳迷歸，破鸞慵舞。殷勤待寫，書中長恨，藍霞遼海沈過雁，漫相思、彈入哀箏柱。傷心千里江南，怨曲重招，斷魂在否？

全詞運用比興寄託手法，使得「全體精粹，空絕千古」（陳廷焯《白雨齋詞話》）。

吳文英沒有做過什麼官，又不是隱士高人，他因《夢窗詞》而揚名。南宋末期，《夢窗詞》一出就有貶有讚，至今還是一個有爭議的話題。

對吳文英持否定意見，首先當屬「七寶樓臺」這個比喻。張炎在《詞源》一書中，將吳文英詞與姜夔詞相比較，認為吳詞不如姜詞「清空」，而有「質實」之病。他說：「詞要清空，不要質實：清空則古雅峭拔，質實則凝澀晦昧。姜白石詞如野雲孤飛，去留無跡；吳夢窗詞如七寶樓臺，炫人眼目，碎拆下來，不成片段。此清空、質實之說。」王國維在《人間詞話》中說：「夢窗之詞，吾得取其詞中之一語以評之，曰：『映夢窗凌亂碧』。」

這些評論，指出吳文英詞在表面上詞藻華麗、金光奪目，像一座七寶樓臺；但若將其肢解開來，便凌亂不堪，沒有明晰的內容了。可以說，這些見解在一定程度上反映了吳文英詞中用典過多、堆砌詞彙的不足。吳文英《夢窗集》中憶戀蘇州、杭州二女子的作品最多，透過詞

面可以看出，詞人對她們的相思之苦、憶念之久、用情之深，感人肺腑。儘管這些詞只是寫個人的生死戀情，沒有什麼大的社會意義和時代意義，但是與空洞無物的豔詞有所不同，尤其是同當時社會風尚結合起來，會讓人更清楚地認識到，吳文英並非是輕薄寡情、玩弄女性之人。他是一顆多情的種子，更有一顆重情的心。他的詞作綿密生動，有時因修辭、用典過多，所以也給解讀造成了一定困難。

浩然正氣：文天祥的詩詞文

公元一二七九年，在今廣東珠江口的零丁洋上，風雨飄搖中有一艘小船，船上一人衣衫襤褸，披枷戴鎖，卻目光炯炯，堅毅從容。他望著滔滔的江水，心中百感交集，用低沉的聲音吟誦道：

辛苦遭逢起一經，干戈寥落四周星。
山河破碎風飄絮，身世浮沉雨打萍。
惶恐灘頭說惶恐，零丁洋裡歎零丁。
人生自古誰無死，留取丹心照汗青。

舟中此人正是南宋民族英雄，著名愛國詩人——文天祥，他所吟誦的就是後來流傳千古的名篇〈過零丁洋〉。此詩傳到元軍統帥張弘范手裡，連這位敵軍對手也深受感動，連連稱讚：「好人！好詩！」

文天祥（一二三六—一二八二年），初名雲孫，字天祥，後改字宋瑞，又字履善，自號文山，廬陵（今江西吉安）人。他二十歲即中進士，他的作品集有：《指南錄》、《指南後錄》、《吟嘯集》。

文天祥受命於危難之際，在元軍圍攻臨安，「戰、守、遷，皆不及施」的情況下，他「辭相印不拜」，以資政殿學士的身份前往元軍議和。文天祥初到元軍，慷慨陳詞，使元朝上下既驚且佩。可憐天不從人願，他身陷元營，難以脫身，加上宋朝官員的叛降，使文天祥更陷入了岌岌可危的境地。但他仍然不改初衷，保持民族氣節。在元軍大營里，他不懼宰相伯顏的氣勢，直接指責他的出爾反爾；他怒斥賈餘慶、呂師孟等人叛國降敵。他在《指南錄後序》中說：「抵大酋當死，罵逆賊當死，與貴酋處二十日，屢當死。」但在生死之際，他憂慮的是能否為國家效力，「但令身未死，隨力報乾坤」（〈即事〉）。後來，他被押解到鎮江，「得間奔真州」，本想謀求興國大計，可是，維揚帥的逐客之令，使他再次陷於危險之中，不得不隱名埋姓，風餐露宿，晝伏夜行，幾經磨難才到達永嘉。

文天祥脫險後，立即組織抗元力量。「祖逖關河志，程嬰社稷功」（〈自嘆〉），他先後擁立趙罡、趙昺為皇帝，但終因寡不敵眾，於祥興元年（一二七八年）再度被俘。不久，隨船被押往崖山，於是便出現了本文開頭的一幕。崖山有皇帝趙昺以及陸秀夫、張世杰領導的最後一股抗元力量。此次隨船同行，元軍統帥張弘范就是為了讓文天祥親眼見到南宋小朝廷的覆滅。元軍大舉入侵，南宋水軍潰不成軍，江上到處是屍首，殷紅的鮮血浸透著江水，陸秀夫背著小皇帝跳江，以保全貞節。目睹這一切，文天祥本欲自盡，以追隨一同戰鬥的官兵，但被元軍嚴密看守而未能一死。

崖山之戰，元軍大勝。慶功宴上，統帥張弘范再次勸文天祥投降。文拒不降敵，張弘范遂向元世祖請令，元世祖命令將文天祥押送首都燕京。途經南康軍（今江西星子縣），這已是文天祥第三次經過此地。第一次是送弟到臨安，第二次是前往寧國府（今安徽宣城）上任。每次前後間隔都是十年，但其境況卻昔是而今非。如今國破家亡，人又被俘，其內心自是不平靜，他寫下了〈酹江月〉一詞：

廬山依舊，淒涼處、無限江南風物。空翠晴嵐浮汗漫，還障東南半壁。雁過孤峰，猿歸老嶂，風急波翻雪。乾坤未歇，地靈尚有人傑。

嗟嘆漂泊孤舟，河傾斗落，客夢催明發。南浦閒雲連草樹，回首旌旗明滅。三十年來，十年一過，空有星星發！夜深愁聽，胡笳吹徹寒月。

此詞上片寫景，下片抒發感慨之情。雖是「空有星星發」，但「乾坤未歇，地靈尚有人傑」，作者還是寄予了一線希望的。

遠離故國鄉土，心情十分沉痛，他的〈金陵驛〉就表達了這樣一種情感：

草合離宮轉夕暉，孤雲飄泊復何依！
山河風景元無異，城郭人民半已非。
滿地蘆花和我老，舊家燕子傍誰飛？
從今別卻江南路，化作杜鵑帶血歸。

他北上途中，還寫下了〈懷孔明〉、〈劉琨〉、〈祖逖〉等詩篇，既表達了他對古代人物的仰慕，也展現了詩人自己的心胸和懷抱。

元世祖至元十六年（一二七九年）十月，文天祥被押抵大都，囚禁在兵馬司。不久，元世祖派南宋降官留夢炎來勸降。留夢炎衣冠楚楚地前來，見到一身枷鎖的文天祥，連呼：「文兄受苦了！」文天祥聽到後，輕笑出聲，留夢炎跟文天祥講了一通人生一世，榮華富貴的大道理後，又列數文天祥歸降的好處。文天祥憤怒而坐，痛斥留夢炎賣身求榮的行徑，留夢炎尷尬而去。元世祖不甘心，再派南宋被俘的皇帝趙顯（此時他已被元封為瀛國公）勸降，文天祥不發一言，跪北拜別「聖駕」，終使趙顯無說話的機會，汗顏而去。

文天祥被俘三年，一直拒不投降。最後一次，元世祖親自會見文天祥。大殿之上，元世祖親口許以丞相之職，但文天祥傲然挺立，只願一死以報大宋。元統治者最後誘降的希望破滅了。公元一二八二年十二月，文天祥被押赴刑場，他面向南方幾拜，隨即從容就義。衣帶上繫著他的絕筆——〈衣帶讚〉：

孔曰成仁，孟曰取義；唯其義盡，所以仁至；讀聖賢書，所學何事？而今而後，庶幾無愧！

民族英雄文天祥何以能始終如一，矢志不移？他一生的寶貴思想都溶入在其詩作〈正氣歌〉裡：

天地有正氣，雜然賦流行。下則為河嶽，上則為日星。於人曰浩然，沛乎塞蒼冥。皇路當清夷，含和吐明庭。時窮節乃見，一一垂丹青：在齊太史簡，在晉董狐筆。

……

這首詩展示了作家為人的崇高境界，正是這種充塞天地的浩然正氣貫穿其中，使他始終如一，永不屈服。

後世的人們為了紀念這位愛國志士，在他被囚的地方修建了文丞相祠。在崖山，還有「三忠祠」（供文天祥、陸秀夫、張世傑三人）。他們的精神一直激勵鼓舞著後人。

詠讚西湖的精美詩詞

人們常說：「上有天堂，下有蘇杭。」杭州一向以山水秀美著稱於世。如果說杭州是一頂王冠，那麼西湖就是王冠上最耀眼的明珠。

西湖名稱很多。最初叫錢塘湖，也叫明聖湖、金牛湖，又叫上湖。因它在杭州的西面，所以，歷代人民都稱它為西湖。西湖在錢塘江下游的北岸，因為處於平原、丘陵、湖泊與江海相接的地區，所以形成了西湖的曲折、離奇、多變的自然條件，成為一個風景優美的旅遊勝地。

西湖的名勝很多。舊有所謂「西湖十景」，即蘇堤春曉、柳浪聞鶯、花港觀魚、曲院風荷、雙峰插雲、三潭印月、平湖秋月、南屏晚鐘、斷橋殘雪、雷峰夕照。又有所謂「錢塘

八景」，即六橋煙柳、九里雲松、泉石樵歌、孤山霽雪、北關夜市、葛峰朝暾、浙江秋濤、冷泉猿嘯。這些景點，即使僅僅聽聽名字，也令人怦然心動。如果親身遊歷，更令人賞心悅目、流連忘返、嘆為觀止。於是，西湖之地就留下了無數文人墨客的足跡和傳說，描繪西湖之美的詩詞更是不可勝數。

孤山是西湖風景之一，每當春暖花開的時候，孤山換上綠裝，其間點綴著嬌豔的花朵。滿山上下，隱約現在綠陰中的是樓臺亭閣的飛簷。駐足其間，令人心曠神怡。唐代大詩人白居易做杭州刺史時，寫有許多讚美西湖的詩篇，傳誦最廣的是下面的這首〈錢塘湖春行〉：

孤山寺北賈亭西，水面初平雲腳低。
幾處早鶯爭暖樹，誰家新燕啄春泥。
亂花漸欲迷人眼，淺草才能沒馬蹄。
最愛湖東行不足，綠楊陰裡白沙堤。

詩人立足在孤山，盡情欣賞西湖春天的美景。「早鶯」、「新燕」、「亂花」、「淺草」四句，以鮮紅、淡綠、燕語、鶯聲描繪了初春西湖的浪漫氣息，使人感覺到勃勃生機和

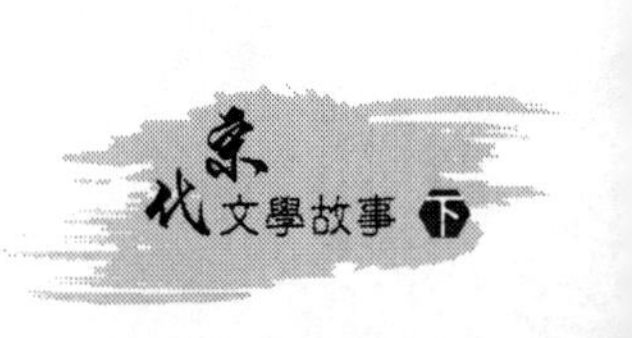

無限春意。難怪詩人要在此流連忘返了。

宋代著名文學家蘇東坡曾兩度為杭州地方官。他第二次來杭州時，西湖已被葑草湮沒了大半，幾成一片水田。他發動了數萬民工，除葑草，疏浚西湖，堆築了一條橫貫西湖南北的長堤，蘇東坡曾有詩記述此事：「我來錢塘拓湖淥，大堤士女爭昌豐；六橋橫絕天漢上，北山始與南屏通；忽驚二十五萬丈，老葑席捲蒼煙空。」後人為了紀念他，就把這條堤稱作「蘇堤」。蘇堤上築有映波、鎖瀾、望山、壓堤、東浦、跨虹等六座拱形石橋，沿堤遍植桃柳。自宋朝以來，蘇堤就負有盛名。所謂「蘇堤春曉」、「六橋煙柳」，都是蘇堤上的絕妙佳景。

在公餘閒暇時，蘇東坡縱情西湖的山山水水，留下許多歌頌西湖風光的詩，其中一首也是寫孤山風景，不過，東坡寫的是欲雪時的孤山：

天欲雪，雲滿湖，樓臺明滅山有無。
水清石出魚可數，林深無人鳥相呼。

——〈臘日遊孤山訪惠勤惠思二僧〉

蘇東坡向我們展示了一幅冬天雪前西湖的畫卷：烏雲籠罩西湖，山峰樓臺若有若無、若隱若現。湖水清澈見底，就連水底的石塊和水中的游魚也清晰可辨了。寂靜無人的深林裡鳥兒們更是呼朋引伴，鳥兒的鳴叫反襯了山林的幽靜。

在東坡眼裡，西湖的四季景色都很美麗：

夏潦漲水深更幽，西風落木芙蓉秋。
飛雪暗天雲拂地，新蒲出水柳映洲。

東坡詠西湖的名篇當為〈飲湖上，初晴後雨〉：

水光瀲灩晴方好，山色空濛雨亦奇。
欲把西湖比西子，淡妝濃抹總相宜。

在東坡看來，西湖無論晴天還是雨天都很美麗。東坡認為，西湖就像絕代美女西施一樣，美在天然。西施的美不受濃淡裝扮的影響，西湖的美也不受濃淡（晴天、雨天）的影

響。

用美女來比喻自然景觀，這一天才的比喻給後人以深遠的影響。清代的兩位詩人，一位有詩專寫西湖著淡妝（雨天）時的美，一位有詩專寫西湖著濃妝（晴天）時的美，把這兩首詩與東坡的詩放在一起，相互參照欣賞，頗耐人玩味。因此，特錄兩位清人的詩以饗讀者：

漠漠雲陰斂曉光，平波才欲倒垂楊。
諸峰盡在微濛裡，今日西湖是淡汝。
——清・鄭書堪〈湖上〉

乍晴時節好天光，紈綺風來撲地香。
花點胭脂山潑墨，西湖今日也濃妝。
——清・楊次也〈西湖竹枝河〉

讚頌西湖美的極負盛名的詞是柳永的〈望海潮〉：

東南形勝，三吳都會，錢塘自古繁華。煙柳畫橋，風簾翠幕，參差十萬人家。雲樹繞堤沙，怒濤捲霜雪，天塹無涯。市列珠璣，戶盈羅綺，競豪奢。

重湖疊巘清嘉，有三秋桂子，十里荷花。羌管弄晴，菱歌泛夜，嬉嬉釣叟蓮娃。千騎擁高牙，乘醉聽簫鼓，吟賞煙霞。異日圖將好景，歸去鳳池誇。

這首詞是描寫杭州繁華富裕、山水秀麗、人民安樂的名篇。詞的上片主要寫杭州市，下片重點寫西湖。我們重點分析下片。

因為西湖有里湖、外湖，可謂湖中有湖，所以說「重湖」，「疊巘」指重疊的峰巒。因此，第一句是讚美西湖水光山色的清新秀麗。「三秋桂子，十里荷花」句，一寫桂花飄香久長，一寫荷花美麗無邊。這山、這水、這樹、這花，怎能不令人流連忘返呢！「羌管弄晴，菱歌泛夜，嬉嬉釣叟蓮娃」句，寫尋常百姓們蕩舟湖上，自有達官貴人所羨慕的樂趣。「千騎擁高牙」（高牙，軍前大旗，藉指高級官員）句，寫了郡守的遊玩之樂。

西湖真是美極了，可以說「西湖如此多嬌，引無數人物競折腰」。逃到杭州的南宋小朝廷的君臣陶醉於西湖的美景之中，沉迷於粉黛佳人的歌舞之中，忘記了北伐復國的大業。當時的詩人林昇對此給予了辛辣的嘲諷：

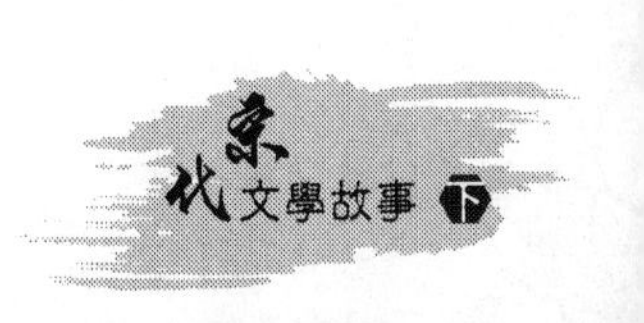

山外青山樓外樓，西湖歌舞幾時休。
暖風吹得遊人醉，直把杭州作汴州。

「杭州」為南宋臨時都城，所以又叫臨安；「汴州」為今河南開封，北宋都城。此詩表面上描寫的是樂而忘返的遊人，實際上諷刺了腐朽荒淫、偏安忘恥的南宋統治者。

宋末元初，親眼看到宋朝滅亡的文及翁的悲憤之情是宋代的權貴們難以想像的：

一勺西湖水，渡江來、百年歌舞，百年酣醉。回首洛陽花石盡，煙渺黍離之地。更不復新亭墮淚，簇樂紅妝搖畫舫。問中游擊楫何人是？千古恨，幾時洗！

這是南宋末期統治階級的生活縮影。開篇一句，批判南宋統治者苟安江南、醉生夢死的生活。「回首洛陽花石盡，煙渺黍離之地」，說當年宋徽宗派人到處蒐集奇花異石，運往汴京，建造萬歲山的事。「更不復新亭墮淚，簇樂紅妝搖畫舫」句，寫達官貴人只知遊玩，無人關心國事。面對這種局面，詞人發出深深的感慨，問一問誰是能夠率兵收復失地的人呢？

我的悠長的仇恨，什麼時候才能洗雪？讀之，不免令人悲從中來。

有關西湖的詩詞無法一一盡述，西湖的美麗更不是言語能形容得了的。

宋代瓦舍與市民文學

宋代市民文學的興起，是由於當時商品經濟的發展，都市規模的不斷擴大和城市人口的不斷增加。當時城市中的各階層人民對文化娛樂生活的要求更加迫切，適應人民群眾需要的市民文學就有了廣闊的發展天地。

宋代市民文學的種類很多，最主要的便是說話與戲曲。無論是說話還是演戲劇都要在一定的場所進行。起初大多在市井街頭進行，隨著市民文學的進一步發展，逐漸改在茶肆酒樓裡演出。《水滸傳》第三回寫的「綽酒座兒唱的」金老父女，就是常在腳店表演「說話」的民間藝人。他們在茶肆酒樓裡可以躲避風霜雨雪的侵襲，而且白日黑夜可以不間斷演出，以滿足市民的需要。這種茶肆酒樓作為演出的場所使「說話」在商業化的道路上前

進了一大步。

北宋中後期，在京城汴京等地還出現了表演說話和戲劇的大型固定場所——瓦舍。瓦舍是宋代的市語，也叫「瓦市」、「瓦肆」、「瓦子」，是一種遊藝性場所的總稱。據《夢粱錄》記載：「瓦舍者，謂其來時瓦合，去時瓦解之義，易聚易散也。」這就是說，瓦舍這個地方的含義，就是演出時可以馬上熱鬧起來，演出結束後便迅速可以解散。宋代瓦舍的大小不等，真正表演說話和戲劇的地方是瓦舍裡面的「勾欄」。所謂「勾欄」是瓦舍的中心，它本意就是指欄杆，用它圍成演出場所，後來就習慣稱為勾欄或勾肆。北宋時，首都汴京的瓦子勾欄相當興盛。據《東京夢華錄》記載，著名的就有新門瓦子、桑家瓦子、朱家橋瓦子、州西瓦子等。瓦子裡面的勾欄規模也相當大，在這些勾欄瓦舍裡表演的有唱小曲、演雜劇、弄傀儡戲、弄影戲、說唱諸宮調等等。而說話是勾欄中最為興盛的技藝，據《水滸傳》的描述，我們可以想像當時在勾欄瓦舍中表演的情況。第五十一回寫雷橫在勾欄裡聽白秀英說唱〈豫章城雙漸趕蘇卿〉；第一百十回也敘述燕青和李逵在桑家瓦子勾欄裡聽說《三國志》平話，寫得很真實、自然：說燕青同李逵兩個手拉著手，直奔桑家瓦子而來。來到瓦子前，便聽見勾欄內鑼鼓聲響。李逵非要進去看看，燕青只得和他擠在人群裡。聽的上面正在說《三國志》平話。說到關雲長刮骨療毒：「當時有關雲長左臂中箭，箭毒入骨，醫人華佗道：『若要此疾毒消，可立一銅柱，上置鐵環，將臂膊穿將過去，用索拴牢，割開皮肉，去骨三分，除去箭毒。再用油線縫攏，外用敷藥貼了，內用長托之劑。不過半月，可以平復如初。因此極難治療。』關公大笑道：『大丈夫死生不懼，何況隻手！不用銅柱鐵環，只此便割何妨。』隨即叫取棋盤，與客人下棋。伸起左臂，叫華佗刮骨取毒，面不改色，對客談笑自若。」正說到這裡，李逵在人叢中高聲叫道：「這個真是好男子！」從這《水滸傳》中的這段描寫，我們可以看出當時講說《三國》故事已達到較高的水平。北宋末年東京的講史藝術人中有專說「三分」的霍四究，可能就在這桑家瓦子裡表演。

宋高宗南渡以後，南宋小朝廷依然歌舞昇平。杭州更是一個有著美麗的湖光山色和市肆繁華的大都市。這個城市的勾欄瓦肆更是不可勝數，《夢粱錄》載：「買賣晝夜不絕。夜交三四鼓，遊人始稀。五鼓鐘鳴，賣早市者又開店矣。」供市民娛樂而設立的勾欄瓦肆，比汴京更多，規模更大，這些瓦子有的設在城內，有的設在城外，它們的服務對象包括新興市民階層以外，還有士兵和中下級軍官以及子弟和幫閒清客在內。隨著都市的不斷發展，勾欄技藝的日新月異，流連在裡面的觀眾日益增多，終於在瓦舍裡形成了大規模的「勾肆群」。

宋代在這些勾欄瓦子進行表演技藝的，除上面所說的說話和雜劇外，還有鼓子詞和諸宮調等技藝。鼓子詞是藝人們在歌唱時用小鼓伴奏的一種技藝。北宋說書已有鼓子詞存在，如趙德麟的〈商調蝶戀花鼓子詞〉，它取材於唐元稹的傳奇小說〈鶯鶯傳〉，但那只是在文人士子中間流傳的案頭文學，而經趙德麟改成鼓子詞後，便可以用小鼓樂器在勾欄瓦舍中表演了。據原詞所說，在北宋勾欄瓦舍裡便已經在講唱這個故事了，似乎趙德麟因當時倡優女子雖然也能講唱「鶯鶯」故事，但沒有音律而不能「形之管弦」，他所以要譜成韻語，就是要彌補這個缺陷。雖然有人認為這種鼓子詞因為鋪張詞藻，算不上市民文學，但它的體制卻開民間鼓子詞的先河。在《清平山堂話本》裡有一篇題作「刎頸鴛鴦會」的小說，體制與趙德麟鼓子詞相仿，韻文唱詞卻不像〈商調蝶戀花鼓子詞〉那樣穠豔。「刎頸鴛鴦會」作為宋元時代的鼓子詞是無疑的，它的講唱對象，顯然是廣大的市民階層，演說的場所也必然是勾欄瓦舍。在宋代瓦舍講唱文學中，還有相傳是藝人孔三傳創制的諸宮調。諸宮調也是韻文和散文都有，只不過曲調較為繁複，往往在一段散文講說之後，就接著唱一宮調的曲子，這與鼓子詞從頭到尾唱的是同一宮調的性質顯然不同，所以稱為「諸宮調」，意思是聯合不同宮調的曲子為一整體。諸宮調從北宋開始，由勾欄瓦舍的藝人說唱，一直到文人學士的擬作，它們之間是逐漸發展變化的。孔三傳是北宋神宗、徽宗之際瓦舍的著名藝人。他運用心思才力，在說唱上採取同一宮調的曲子聯套辦法，創造出這種體制的講唱文學樣式，為後來的元雜劇奠定了基礎。諸宮調在勾欄瓦舍雖是普遍的技藝，而獻藝的一般都是職業女藝人。這可能是因為裡面唱詞較多，難度較大，更適合女藝人演唱的緣故。《水滸傳》中第五十回「插翅虎枷打白秀英」便有白秀英說唱的情形：李小二告訴雷橫說，如今在勾欄裡有一新來的藝人白秀英，每天都在那兒打散，或是戲舞，或是吹彈，或是歌唱，看的人是人山人海。雷橫便和李小二去勾欄裡看。只見門首掛著許多金字帳額，旗杆上吊著等身靠背……那白秀英在戲臺上參拜四方，打起鑼鼓，和撒豆般聲響，念出一首詩道：「新鳥啾啾舊鳥歸，老羊羸瘦小羊肥。人生衣食真難事，不及鴛鴦處處飛。」雷橫聽了大聲喝彩，白秀英說了開話又唱，唱了又說，整個勾欄喝彩聲不絕於耳。然後，白秀英拿起盤子收賞錢。

總之，宋代的勾欄瓦舍是十分熱鬧的民間藝人表演技藝的場所，它不只是講唱話本、雜劇、影戲、傀儡戲，而且還表演鼓子詞、諸宮調等多種民間技藝。由勾欄瓦舍的繁盛，我們可以看到宋代市民文學的豐富多彩的繁盛程度。

〈碾玉觀音〉：人與鬼的戀歌

〈碾玉觀音〉是宋代話本小說中優秀的篇章之一，它講述了一個令人窒息的愛情悲劇故事。小說主人公璩秀秀是裱糊匠的女兒，因為生活貧困被賣給了咸安郡王為刺繡的婢女。在一次王府大的火災中，她「提著一帕子金珠富貝」逃了出來，路上正遇到王府中碾玉工匠崔寧。在秀秀的主動要求下，兩人私奔成婚，逃到譚州，夫妻開了一個碾玉作坊。但好景不長，崔寧在一次為別人做玉器返回的路上被郡王府的走狗郭排軍跟蹤而至。秀秀與崔寧熱情款待了郭排軍，又希望他回去不要告訴郡王。郭排軍雖當面答應了保守祕密，一回去就告發了秀秀和崔寧，致使秀秀被毒打後致死，崔寧卻無罪放歸。但小說並未至此結束。秀秀化成鬼後，仍然與崔寧繼續生活。崔寧並不知道秀秀已被打死。郭排軍一次偶然的機會又發現了這種情況，於是又在郡王面前搬弄是非，破壞了秀秀安寧的生活。也該這個壞蛋惡有惡報，他來到郡王府說在崔寧家又看到了秀秀。郡王不相信死人還能復生，郭排軍立功心切，於是立下一紙軍令狀。郡王叫兩個值班的轎夫抬頂轎子去抓秀秀回來。把抓到的秀秀一直抬到郡王府前，掀起簾子一看，人卻不見了。郡王要殺郭排軍，幸虧兩轎夫作證，免去了他的死罪，但還是把他重打了五十大板。

再說郡王把崔寧叫來，告訴崔寧秀秀是鬼。秀秀對崔寧解釋說：「我為了你，被郡王打死了，埋在後花園裡。只恨那郭排軍多嘴多舌，今天我已經報了仇，伸了冤，郡王已經打了他五十大板。現在人人都知道我是鬼了，我在人間再不能繼續生活下去了。」於是把崔寧也拉去一塊到陰間做鬼去了。

秀秀是宋代小說裡出現的一個新穎的形象。她的身份是女奴，並不新鮮，但她獨特的行為方式和反抗精神卻是令人讚嘆的。她敢於反抗封建社會人身依附的關係，想自己決定自己的命運，不但趁王府失火時的機會逃跑，更重要的是她在愛情上的大膽、執著，她一點沒有矯揉造作之態，而是直率地表達她的愛情要求。你看，在她遇到崔寧後便對他說：「你記得當時郡王賞月，說要把我許配給你嗎？而且眾人都說，我們倆是一對好夫妻，你怎麼忘了呢？」她見崔寧無動於衷，於是索性提出要求：「只管等待，倒不如我們今夜就做了夫妻，

不知你意下如何？」這說明秀秀已經認識到與其等待別人的施捨，不如自己去創造。崔寧猶豫不決時，秀秀從反面去激他：「現在我要叫喊起來，你怎麼解釋呢？」這是多麼豪爽、多麼大膽的對愛情的追求啊！真是一個大膽潑辣、義無反顧獻身於自由和愛情的奇女子形象。小說還描寫秀秀愛憎分明的性格，對她所愛的，她可以愛得火熱，不顧一切地追求，而且可以說是至死不變，她的鬼魂可以追隨她所愛的崔寧，更何況她的死也是為了崔寧呢！如果她當時反咬崔寧一口，也許她不會死，至少不會死得如此悲慘。但她對所恨的，也會恨得徹骨，必欲報仇以為快意。郭排軍是郡王的走狗，秀秀起初熱情款待了他，但他的奴才本性使他告發了秀秀和崔寧。更可恨的是在秀秀成鬼后和崔寧一起生活得很和睦，但郭排軍又一次破壞了他們安寧的生活。秀秀忍無可忍，恨透了這個為統治階級幫兇的卑鄙小人，她利用自己是鬼的特點，狠狠報復了郭排軍。當然，小說寫秀秀變為鬼，在現實中是不可能存在的，但這同一般的封建迷信有區別，這使秀秀的形象又深化了一步，可以看成是秀秀反抗統治階級壓迫的延伸，更強烈地表現出秀秀頑強的鬥爭精神。

相比之下，崔寧的形象要比秀秀遜色多了，雖然小說名稱叫「碾玉觀音」，但主人公並不是崔寧。他實際是一個膽小怕事的小市民形象，他不敢追求自己的幸福，即使當美好的愛情降臨時，他也一再拒絕，很是擔心自己的安全。更可恨的是，他很自私，在關鍵時刻出賣了秀秀。秀秀雖然向崔寧提出愛情要求時，曾潑辣地「要挾」他，那只是為了追求愛情，鼓勵崔寧。但崔寧被押解到官府後，「一一從頭說起」，並說無意中撞見秀秀，秀秀便抓住他的手說：「你怎麼把手放在我懷裡，你若不依我，叫你壞了名聲。」崔寧如此編造事實，將責任全部推到秀秀一人身上，可見他的愚訥、自私的一面。而且，當他得知妻子是鬼時，表現得更為狹隘，全無一點男子漢之氣。回到家中沒情沒緒，走進房中，見秀秀坐在床上便說：「告姐姐，饒我性命！」這些都表現了崔寧小生產者的本性特徵。

小說的悲劇特徵很明顯，通過秀秀的遭遇給我們展現了人的價值、人生的美好的東西遭到無情的毀滅這幅悲慘的圖景。秀秀的生活要求並不高，她和崔寧兩個人開了個碾玉鋪，靠自己的勞動生活，而且把父母接來同住，這為我們描繪了一幅和樂美滿的家庭生活畫面。但在那樣的社會裡，這些也不可得，也遭到了無情的扼殺。

有人說，那個暴戾的咸安郡王不是別人，就是抗金名將韓世忠。其實，不管小說把他寫成誰，也不管秀秀出身寒門還是富貴人家，這種悲劇的必然性是改變不了的。儘管小說的結尾給人一種恐懼感：「秀秀道：『我因為你被郡王打死了……如今都知道我是鬼，容身不得了。』說罷起身，雙手揪住崔寧，叫得一聲，四肢倒地。崔寧也被扯去和父母四個一塊做鬼去了。」但它更加強調了悲劇的效果，中國古典小說受傳統審美習慣的影響，再悲慘的結局

也要安上一個美麗的結局，給讀者以安慰。或是死而復生，或是讓雙方幻化成美麗的東西，但〈碾玉觀音〉並沒有這種粉飾性的尾巴，而是直面這種血淋淋的人生，不但從人的角度否定了殘酷的現實，又從鬼的角度再一次否定這黑暗的社會。這樣理解，我們便不會因為小說中描寫鬼的活動而忽視其價值，相反，更能體會到悲劇力量的震撼。

〈錯斬崔寧〉：宋代最佳話本

〈錯斬崔寧〉是宋代的話本小說，《世是園書目》將其列入「宋人詞話」類，《醒世恆言》卷三十三作〈十五貫戲言成巧禍〉，題下特別注說：「宋人作〈錯斬崔寧〉。」胡適在〈宋人話本序〉中說，這篇話本小說是「純粹說故事的小說，並且說得很細膩，很有趣味」，在今存的宋話本中堪稱「第一佳作」。

〈錯斬崔寧〉，單從題目上看，就知道它講述的是一樁冤案。故事敘述宋高宗時，劉貴為盜所殺。其妾陳二姐因與少年崔寧路上同行，涉嫌被控，兩人都被屈打成招，判處死刑。在南宋，統治集團十分腐朽，吏治極其腐敗。在那暗無天日的社會裡，廣大人民不但受盡殘酷的壓迫與剝削，而且動輒被無辜殺害。〈錯斬崔寧〉講述的冤案故事，便深刻地揭露了南宋社會的黑暗，抨擊了封建官府草菅人命的醜行。話本作者在故事敘述中批判說：「這段冤枉，細細可以推詳出來，誰想問官糊塗，只圖了事，不想捶楚之下，何求不得！」並告誡那些官吏：「做官切不可率意斷獄、任情用刑，也要求公平明允，道不得個死者不可復生，斷者不可復續。」反映了當時平民階層渴盼蠲清吏治的呼聲。

〈錯斬崔寧〉雖然載錄於明代的《京本通俗小說》和《醒世恆言》之中，但是故事本身早在南宋時就在民間廣為流傳了。俞樾於《在春堂隨筆》中說：「此事不知出何書，余於國初人說部見之，與今梨園所演〈十五貫〉事絕異，且事在南京，非明時也。」並記述了他所見的〈錯斬崔寧〉的故事梗概，茲轉譯如下：

南宋都城臨安有一個叫劉貴的人，字君薦，妻子姓王，小妾姓陳。有一天，他與妻子一同去其岳父家為岳父祝賀壽誕。他的岳父王翁，因為女婿家境貧寒，就給了劉貴十五貫錢，預備讓他做點買賣。壽畢，王翁留女兒住下，讓劉貴先行回家。這劉貴在回家途中，遇到了一個朋友，兩人便喝起酒來，直喝得酩酊大醉才回家去。劉貴到了家，小妾陳氏見他背了許多錢，便問其故，劉貴醉酒之中，不禁戲之說：「我因家裡貧窮，不能養活兩個女人，所以把你賣給了別人。這錢就是賣你的錢，明天我就要把你送到別人家去了。」話說完了，酒醉的劉貴便一頭栽到枕頭上睡著了。小妾陳氏擔心自己被賣掉後，娘家不知道她的去向，便想回娘家告訴父母。於是就趁著劉貴熟睡，溜出家門，去了鄰居朱老三家，把事情告訴了他，並寄宿在朱家，第二天一大早，就動身走了。再說劉貴在家昏昏大睡，夜半，有一賊人潛入其家，偷其錢。劉貴被驚醒，起身追賊，那賊見劉家地下有一把斧子，便拾起來砍死了劉貴，將劉貴的十五貫錢盡數拿去。次日，鄰居們見劉家大門久不開啟，便入室察看，才發現劉貴死了。這時，朱老三便向眾人講了昨天晚上陳氏的事。眾人以為陳氏嫌疑頗大便順路追去。陳氏走了一少半路程，便覺得累了，於是坐在路邊休息。此時恰巧有個叫崔寧的人也在路邊休息，又恰巧這崔寧在城中賣絲正賣得十五貫錢。眾人追至，將二人雙雙抓獲，報送官府，狀告陳氏與崔寧通姦，兩人合謀殺死了劉貴竊取了十五貫錢，企圖逃跑。結果陳氏和崔寧同被斬首示眾。後來，因為劉貴死後其家更為貧窮，王翁便派人去接寡居的女兒回娘家。不想途中遇有大雨，王氏到樹林中避雨，為強盜擄去，霸占為妻。一次那強盜偶爾講起幾年前，他還是一個小偷，夜入人家，殺死主人，竊得十五貫錢。王氏這才知道殺她丈夫的兇手，原來是這個強盜。於是王氏尋找機會逃出賊窩，將事情報告了臨安府，劉貴被殺案才水落石出。官府捕殺了那個強盜，沒收了強盜的家產，又分一半給了王氏，王氏則把錢財捐給了寺廟，自己也出家做了尼姑。

從俞樾的記述來看，宋時〈錯斬崔寧〉的故事還較為粗糙，遠不如話本小說那麼精彩。

看來〈錯斬崔寧〉故事被收入明人話本小說集中時已經過說話人或文人的加工潤色。到了清代，朱素臣又對〈錯斬崔寧〉作了大幅度的改寫，名為〈十五貫傳奇〉，又名〈雙熊夢〉。故事大略如下：

淮安府山陽縣有一書生名熊友蘭，家住胯下橋，終日閉門讀書。熊友蘭的書房與鄰居馮玉吾兒媳臥房相連，只隔一道牆。說來事巧，馮家兒媳床邊几案上放有一對金環，紙鈔十五貫，夜裡被老鼠銜入牆上鼠洞中，而一對金環則掉在熊友蘭的書架上。早上熊友蘭發現金環，不知所來，說以示人。誰知，那天晚上，馮玉吾的兒子從外回家，向妻子索要錢鈔，而其妻卻找不到錢，馮玉吾之子便暴怒大罵，不意一時氣塞而死。於是，馮玉吾便狀告熊友蘭與其兒媳同謀害人。山陽縣以金環為證，拘捕馮氏兒媳和熊友蘭下獄，並加緊追查紙鈔下落。熊友蘭的哥哥叫熊友惠，原本也是書生，只因為家裡貧窮，所以去蘇州為船家撐船。一天，聽船客講起山陽事，才知道弟弟蒙冤入獄。他有心回鄉救難，卻又苦於無錢，急得他大哭失聲。客人中有一個叫陶復朱者，他為人慷慨好施，見熊友惠可憐，便解囊出十五貫錢相助。熊友惠得錢即夜動身，黎明時已至無錫。時遇少女蘇戌妹，二人便結伴而行。這個蘇戌妹，父親早死，隨母再嫁至尤葫蘆家，母嫁後亦死，蘇戌妹只好與後父相依為命。尤葫蘆嗜酒，一日在友人處借了十五貫錢，回家後戲其女說：「我已經把你賣給別人作丫環了，這錢便是你的身價錢。」蘇戌妹聽了信以為真，夜裡趁父醉睡，開門出逃。蘇戌妹的鄰居是一個賭徒，名叫婁阿鼠，夜半賭光了錢回家，見尤家門開著，便潛入摸索，摸得床頭十五貫錢。竊之將行，被尤葫蘆發覺。尤葫蘆大呼有賊，婁阿鼠情急，便拔出刀來刺死了尤葫蘆。鄰居們聽見尤葫蘆喊叫，趕來一看，見尤葫蘆已死，便分頭四處追賊。恰遇蘇戌妹與熊友惠同行，便抓回詢問，又見熊友惠身上帶著十五貫錢，與尤家被竊之數相合，於是扭送熊友惠、蘇戌妹去了無錫官府。在官衙中二人熬不過酷刑，屈打成招，遂定為鐵案。到了秋天按院秋決，朝廷命蘇州太守況鐘監斬，況鐘疑熊友蘭、熊友惠之案不實，經一番明察暗訪，才弄清案情，為熊友蘭、馮氏兒媳、熊友惠、蘇戌妹平反，嚴懲了婁阿鼠，沉沉冤案才得以昭雪。後二熊兄弟雙雙舉進士第。

從朱素臣的〈十五貫傳奇〉中，雖然還可以見到一些〈錯斬崔寧〉故事的影子，但已是面目全非，不僅將時代由宋後移至明，而且主人公的名姓也均為重新設置，其結局也由原來的悲劇性結局變成了一個冤案昭雪的美滿結局。我們今天從戲劇和影視中看到的〈十五貫〉，就是由朱素臣的傳奇為底本改編成的。

〈快嘴李翠蓮〉：反叛的女性

〈快嘴李翠蓮〉，是宋代話本小說中的優秀篇章之一。小說寫少女李翠蓮在出嫁前後短短幾天的經歷和不幸的遭遇。小說沒有從常見的父母包辦、門第差異等因素寫李翠蓮的愛情悲劇，而是讓麻煩出現在我們意料不到的地方——李翠蓮的「快嘴」上。李翠蓮一出場便給我們一個聰明能幹、才華出眾的形象，小說有一首詩讚嘆說：「問一答十古來難，問十答百豈非凡。能言快語真奇異，莫作尋常當等閒。」但我們並未感覺到李翠蓮快嘴有什麼不好，精通書史百家，問一答十正是一個人難得的才幹。可接下來就寫翠蓮父母為女兒「快嘴」擔心了。李翠蓮不理解婚前父母為何發愁，父母說出原委：「因為你口快如刀，怕到人家多言多語，失了禮節，公婆人人不歡喜，被人恥笑。」李翠蓮卻充分自信，自己嘴快不會帶來什麼危害，胸有成竹地讓父母放寬心。

但事實上，不管李翠蓮怎樣含辛茹苦地侍奉公婆，也無法討得婆家人的歡心，甚至不得容身而被休棄，從中可以看出封建禮教對婦女的禁錮是何等的森嚴。李翠蓮沒有明白，自己的嘴快已犯了封建社會中約束女子的「七出之條」中「口舌條」。李翠蓮正如她自己所說「不曾毆公婆，不曾罵親眷，不曾欺丈夫，不曾打良善，不曾走東家，不曾西鄰串，不曾偷人，不曾被人騙，不曾說張三，不與李四亂，不盜不妒也不婬，身無惡疾能書算……」僅因「嘴快」便被公婆休回了娘家。其實，她的嘴快並非真正原因，如果只是說話快捷，多說些甜言蜜語的話，伶牙俐齒地討得公婆歡心，恐怕李翠蓮絕不會被攆出家門。

首先，在婚禮場面中，李翠蓮就對陳腐、繁雜的封建婚俗表示出強烈的不滿和大膽的諷刺。在去婆家路上，媒婆告訴她「到公婆門首，千萬莫要開口」。可是，在婆家門口，媒人拿著一碗飯，叫李翠蓮接「冷飯」。李翠蓮開口大罵媒人：「老潑狗，叫我閉口又開口，正是媒人之口大如斗。」別人上前勸解，她又說：「當門與我冷飯吃，這等富貴不如貧。可耐伊家忒恁愚，冷飯將來與我吞。」拜堂時，李翠蓮對儐相讓她轉身朝西又向東的吩咐大為不滿，結果惹得在場的公婆十分生氣地說：「當初只說娶個良善人家女子，誰曾想娶了這麼個沒規矩、沒家法、長舌頑皮的村婦。」

在進入洞房後，主持婚禮的先生又捧出五穀來撒在帳裡，邊撒邊唸唸有詞，當念到「從來夫唱婦相隨，莫作河東獅子吼」時，李翠蓮再也忍不住了，她摸起一條麵杖，將先生夾腰打了兩麵杖，便罵道：「撒甚帳？撒甚帳？東邊撒了西邊揚。豆兒米麥滿床上，仔細思量像甚樣？」，丈夫看不過去，說了她幾句，她唱到：「丈夫丈夫你休氣，聽奴說得是不是？多想那人沒好氣，故將豆麥撒滿地。倒不叫人掃出去，反說奴家不賢惠。若還惱了我心兒，連你一頓趕出去。」弄得丈夫無可奈何。

緊接著便是在婆家的三天內發生的事兒。婆婆叫她早點起來收拾房間，她又是快言快語說了一大串話。等娘家人來時，婆婆將其打儐相、罵媒人、觸犯丈夫、說公婆壞話的前後，一一都說了。但李翠蓮並沒有認為自己做錯了什麼。後來，娘家親人回去後，李翠蓮又針對大伯、伯姆、小姑子等一家人的批評進行針鋒相對的頂撞。當公公要她「溫柔穩重，說話安詳，方是做媳婦的道理」時，她表示寧肯被休，也不屈服，說自己「從小生來性剛直，話兒說了必無掛」，而且她還列舉了張良、蕭何等古代賢人，指出他們能言善辯、出口成章，可以「齊家治國平天下」，怎麼單單婦女就不能多說話呢？最後，她毅然表示：「公公要奴不說話，將我口兒縫住罷。」

當她被迫回娘家時，她起初並未感到是什麼壞事，她對丈夫說：「丈夫不必苦留戀，大家各自尋方便。快將紙墨和筆硯，寫了休書隨我便。」而且回到娘家後，對母親說：「生出許多情切話，就寫離書休了奴。指望回家圖自快，豈料爹娘也怪吾。夫家娘家著不得，剃了頭髮做師姑。」這可以說是李翠蓮為了自己天生說話的權利進行的最後的反抗。

其實，李翠蓮只是心直口快，她的不幸是由於封建婚姻家庭制度對婦女壓抑的緣故。例如，她在婆婆叫她早起收拾家務時說：「菜自菜，薑自薑，各樣果子各樣裝；肉自肉，羊自羊，莫把鮮血攪白湯；酒自酒，湯自湯，醃雞不要混臘獐。日下天色且是涼，便放五日也不妨。待我留些整齊的，三朝點茶請姨娘。」這些話，足以說明李翠蓮是一個有著豐富生活經驗，並且勤勞肯幹的婦女。當公公叫她燒茶吃時，她也表現得尊敬老人，做事乾淨利落的性格，也曾使得公公表揚了她的孝敬。但往往只因為她說話過於直率而顯得尖刻便惹得公婆大怒。如前面在收拾完飯菜後又說了一句：「總然親戚吃不了，剩與公婆慢慢嚐。」這就使得婆婆「半晌無言，欲待要罵，恐怕人笑話，只得忍氣吞聲」。在給公婆送上茶水後，她說了一串順口溜，最後說：「二位大人慢慢吃，休得壞了你們牙！」這使得公公大怒，命兒子將她休棄。可見，李翠蓮往往出於好心好意，或者是無意中說走了嘴，才遭致別人的誤解。

這篇小說很少寫李翠蓮的行動細節，更多的是在李翠蓮的能言快語上下功夫，但分寸感把握得不夠，流露出小市民的一些庸俗思想，例如，小說有時過分誇大了李翠蓮言語的鋒

芒，讓她說了很多罵人的粗話，甚至說了「不上三年之內，死得一家乾淨，家財都是我掌管，那時翠蓮快活幾年」。這樣的話則顯得有些不近情理。但小說的這種讓李翠蓮的言語成為主要內容的特點，在話本小說中卻是頗為可貴的，這些具有順口溜特徵的言語，使得講說時的節奏感很強，容易吸引更多的聽眾。

講史話本：梁公九諫武則天

〈梁公九諫〉是北宋時期的講史話本，它原名叫〈梁公九諫詞〉。這裡「詞」本是唐五代時期一種通俗敘事詩，這個話本全篇應由唱詞組成，大概由宋人改寫以後，才成為今天所見的這個樣子，即以散體為主的作品，但其仍有說唱痕跡可尋。

這個話本寫的是唐代武則天廢掉太子為廬陵王，而想把王位傳給自己的侄子武三思，經梁國公狄仁傑的九次進諫勸阻後，才改變了這個主意，又召廬陵王李顯為太子的事情。全本共九節，每一節寫一次進諫情況，從內容上看，大體可分六個部分。

第一諫，敘述狄仁傑進諫之事的起因。武則天突然想立自己侄子武三思為太子，以此來奪得李唐王朝的天下，於是把原定太子李顯貶為廬陵王。武則天把這個想法問及文武百官，

百官為保住自己地位，都高呼：「萬歲聖明」。而只有宰相狄仁傑表示堅決反對。狄仁傑的理由是：「陛下您是武家宗祖，唐家的國后，當初因為太子年紀小，所以才請您管理國政，現在太子已經成人，社稷江山應歸還給唐家，您欲立武三思為太子，這是萬萬不可的。」

第二諫，寫狄仁傑主動闡述立廬陵王為太子比立武三思為太子更好的理由：當年派武三思與北方單于交戰，武三思戰了十多個月後，所剩從人不滿千百；而後來廬陵王代他去交戰，不過半個月，兵足千萬，單于不戰自退。這足以說明廬陵王是擁有民眾之心的。

第三、四諫，寫狄仁傑對武則天「朕自為君以來，有什麼聖明，有什麼無道」的氣勢洶洶的責問，毫不示弱地回答：「自從您執政以來，聖明的地方不少，但無道的地方也很多。」並列舉事實加以說明。

第五、六、七三諫，寫武則天勃然大怒，把狄仁傑逐出朝廷。後她做了三個夢，話本以解夢兆為題，把狄公的勸諫進一步揭示出來。先是武則天白天做一夢，夢見「湘輪水上流，車向壁上行」的怪現象，一些大臣認為是吉兆，於是得到許多獎賞。唯有狄仁傑認為是凶兆，他說：「別人說此為吉夢，那是曲媚取容，苟圖金寶，我看這個夢對國家不利。按常理，水是往低處流的，這是水的本性；車子是在路上行走的，這是車的正道。現在水卻向上流，這是陰氣上盛而逆天啊；車子在牆壁上行走，這是無道的表現啊。您現在貶廬陵王千里之外，立武三思為太子，這不是『無道』的表現嗎？」後來武則天睡到半夜，又得一夢，夢見自己與天女下棋。棋局中有棋子，但自己總是輸給天女，因而忽然驚醒。第二天問大臣其夢如何，狄仁傑奏說：「我看這個夢兆，對國家也是不利的。這局中有子，總輸與天女。這是棋子不得棋位，才總失其主帥啊！現在太子廬陵王被貶千里之外，不就是局中有子，不得其位嗎？」第七諫寫武則天生病，梁公狄仁傑去探望病情時，武則天問：「我夢見鸚鵡雙翅折，這是怎麼回事啊！」狄仁傑說：「這『鵡』者，便是陛下您的姓啊，相王和廬陵王便是您的雙翅。現在二人都被遠貶千里之外，所以才得鸚鵡雙翅折斷的夢兆。」當時，武三思正在場，他氣得怒髮上指，渾身發抖。武則天派人把狄仁傑趕出朝廷，問眾大臣有什麼計策能使狄仁傑改變自己的主張。有大臣說：「狄仁傑家裡貧困，我看多給他些錢財，也許會使他放棄主張的。」於是武則天賞賜給梁公色羅十車、珠金兩床、御衣百箱。面對這樣的利誘，狄仁傑一面直言先帝將愛子託給武則天的用意，一面指責武則天的違背先帝，堅決反對立武三思為太子。

第八諫，寫武則天軟的不成功，便來硬的。她派人在殿前擺上一個大油鍋，然後宣狄相

入朝，說：「你若改變主意，則讓你長保富貴；否則，這油鍋便是你的死處。」狄仁傑說：「我已經老了，死也無所謂了，但在我臨死之前把話說完。」武則天說：「你還有什麼要說的？」狄仁傑說：「自古以立太子為國家根本，而您一心想立侄子為太子。那麼，您想想，姑姑與侄子近呢？還是母親與兒子近？您若立武三思為太子，那麼將來是武家的天下，您也不得享祭祀，因為您是皇帝的姑姑，而自古沒有立姑姑為宗祀的；若立廬陵王為太子，您千世萬世都享有宗祀之位，因為您是皇帝的母親。您仔細考慮考慮吧！反正我說完了。」於是，狄仁傑撩起衣襟，大踏步欲跳進油鍋。武則天連忙叫武士上前阻止狄仁傑跳油鍋，說：「從今日起，依你所說的辦吧。」

第九諫，寫武則天派人召回廬陵王為太子。全篇圍繞「九諫」，具體描繪了狄仁傑的剛正不阿，讚揚了他為國家利益而寧死不屈的可貴精神。

這則話本因其年代較早，所以顯得缺乏人物活動的場景和神態動作等的描寫，而主要是通過人物的對話來表現人物個性的，這可能與話本由「詞」改寫而來有關。其實，由詞改成散體的特徵也很明顯，例如第一諫中狄仁傑的奏章：「觀這八十二員大臣見解，似鶴鳩抱卵，豈知鸞鳳之志；螻蟻攻土，豈知晦朔之朝。磨磚作鏡，焉可鑑容；鉛錫為刀，豈堪琢玉。狐狸似犬，愚者養之；苦蔓似瓜，愚者食之。臣觀諸臣，何以異於此。」這裡連用六個比喻，且都是整齊的駢文，是說唱時的話語。另外，全篇多言語而少情節，因而情節缺少波瀾起伏。但仍有一些，如第九諫中寫武則天密招盧陵王返宮，盧陵王因在房州頗得民心，人民不願讓他走，於是他佯裝放鷹，出城至於南山，然後換了服裝才入城，因此外人沒有知道這件事的。這就更加突出了盧陵王的深得民心，為狄仁傑的勸諫更增加了一層理由。

總之，狄公九諫的故事是宋代民間藝人的一個說話內容，它是唐五代說唱文學向宋元平話過渡的產物，是講史話本的早期作品。

唐僧西天取經的故事

明朝吳承恩的著名小說《西遊記》，描寫孫悟空大鬧天宮和唐僧取經的故事，為人們所喜愛。其實，唐僧取經的故事在唐代就有所流傳，而在宋代文學作品中就有了取經故事的雛形，那就是宋代話本《大唐三藏法師取經詩話》，全本由詩詞與故事（故事在當時稱作「話」）組成，有人說這是後世小說分章回之始。

唐僧取經的故事是確有其事的。唐僧就是玄奘，他本來叫陳禕，是唐初長安（今陝西西安）弘福寺的一位高僧。自幼聰穎過人，十三歲出家為僧，曾遍遊各地，博覽群經。他感到當時的漢文佛經譯得不完全、不確切，決心親自到天竺（今印度半島）去學佛經。公元六二九年，玄奘從長安出發，經姑臧，出敦煌，經新疆、中亞諸地，歷盡艱險，輾轉來到

中印度的摩揭陀國，受到當地人的歡迎。他潛心鑽研各種佛家典籍。在公元六四五年返回長安。玄奘取經歷時十七年，行程五萬里，所經過的國家達一百三十八個之多，並著有《大唐西域記》一書，為發展中外文化交流做出了巨大貢獻。後來玄奘的弟子慧立、彥宗撰寫了《大唐茲恩寺三藏法師傳》，敘述了玄奘取經的事蹟。

玄奘克服困難、為理想獻身的精神，深為後人景仰。許多民間藝人從其取經歷險中獲得不少啟示，演繹和創作了不少文學作品。《大唐三藏取經詩話》（又稱《大唐三藏法師取經記》）便是這些文學作品中最早的一部。其本意是用玄奘取經的事蹟鼓勵教徒要獲得佛家真諦應不畏任何艱難險阻，要有堅強的意志。《詩話》在藝術上雖很簡單、粗糙，但全本十七節文字已基本具備文學作品的要素，尤其是「猴行者」的出現，為這部「說經」話本增添了藝術的光彩。這位猴行者具有非凡的本領，他一路降妖伏魔，排難解危，保護唐僧勝利完成取經的使命。猴行者一出現便自稱是「花果山紫雲洞八萬四千銅頭鐵額獼猴王」，一路西行遇險，有些故事雖與後來《西遊記》不甚相同，但也十分生動有趣。

例如經過樹人國一節。唐僧派從者出去買菜做飯，卻久去不歸，原來從者被主人做法吊在廳前，已變成一個驢兒。驢兒見猴行者便大叫。猴行者知道後大怒，隨即將主人家一美

貌媳婦，變成一束青草，放在驢子口邊。主人大驚，只得將驢兒變為從者，猴行者也收回法術，把青草變為新媳婦送與主人。第六節寫大蛇嶺的白虎精故事也為《西遊記》所改用。白虎精先變一白衣婦人，手拿白牡丹花，身穿白羅衣，面似白蓮，十指如玉。當下被猴行者識破為白虎精，於是將其戰退。白虎精卻不肯服輸，猴行者便道：「你肚內有個老獼猴。」虎精不信，猴行者當下高叫獼猴，虎精肚內即有回應之聲。一張口，果然吐出一獼猴，身長二丈，兩眼火光。白虎精見獼猴已出，又不服輸。猴行者說：「你肚中還有一個獼猴。」於是，虎精張口又吐出一個獼猴。那虎精仍不服輸，最後，猴行者說：「你肚中有成千上萬個老獼猴，今天吐到明天，今月吐到下月，今年吐到明年，今生吐到來生，你也吐不完。」白虎精聽後很害怕，又很憤怒。猴行者化成一團大石，在虎精肚內漸漸增大，虎精開口吐不得，一會兒，肚皮裂破，七孔流血而死。

第十節和第十一節分別寫唐僧取經路經女人國和西王母池的故事。女人國中眾美女熱情款待唐僧等七人，並希望他們留在女人國，但唐僧不肯，於是眾女便淚流滿面，愁眉不展地說：「這一去不知何時再能見到你們。」並取夜明珠五顆、白馬一匹贈與和尚使用。這與《西遊記》中途經女人國頗不同。在西王母池見蟠桃時，猴行者被唐僧一再慫恿去偷蟠桃，於是偷得桃吃，後來唐僧等回到大唐，將桃核吐於西川，因此西川便有人參了。

最後一節最為奇異有趣。唐僧等回來後途經陝西河中府地，唐僧在此做一善事。書中寫有一長者，平生好善，喪妻後又娶一孟氏為妻，生一子。孟氏為害丈夫前妻之子，連生毒計，但都未得逞。孟氏趁丈夫外出經商之機，先是與使女合謀將他放入鐵箱中燒三日三夜，等到第四日打開鐵蓋，孩子卻完好無損。孟氏怕他回來告訴父親，便又生一計，騙孩子到園中吃櫻桃，用鐵甲鉤斷其舌根，欲使其不能言語，但第二天他仍舊完好無損。後孟氏又想把他鎖在庫房中，不給他飲食，想餓死他，但經過一個月，仍沒有使孩子餓死。後孟氏又趁他登樓觀水時，將他推至河中。他的父親回來後，被孟氏騙說是孩子不慎墜水而死，父親不勝悲哀。正巧此時唐僧路經此地。唐僧在主人準備齋飯時，要求不吃齋麵而吃魚，而且要吃大魚。主人雖是驚訝，但仍然派人買回百斤重的大魚。這時，唐僧法師說：「此魚前日吞掉了你的兒子，現在就在這魚的腹中，還不曾死去。」於是將刀一劈，魚分兩段，兒從中出。父子驚喜萬分，合掌拜謝法師。後來，唐僧為此事令今後眾僧住齋時，將木槌打木魚肚，以示警世。

最後，唐僧等回到東土，皇帝封為「三藏法師」，後師徒七人皆乘舡而升天了。《大唐

三藏取經詩話》雖藝術較粗糙，但它使得唐僧取經的主要人物由歷史真人向虛構人物發展轉變，開拓了這則取經故事向後來神怪小說發展的方向。因此，可以說《大唐三藏取經詩話》是明代吳承恩《西遊記》故事的源頭，它為西遊故事提供了豐富的養料。

〈張協狀元〉：現存最早的劇本

宋代的戲曲藝術主要有雜劇和南戲兩種。宋雜劇沒有完整的作品保存下來，而南戲則有幸保存一些，主要見於《永樂大典》中。《永樂大典》第一三九九一卷收存的〈張協狀元〉，則可以看成是我國現存最早的一個戲曲劇本了。

〈張協狀元〉的大體內容是寫張協富後拋棄妻子的故事。有一書生叫張協，他經過十年的寒窗苦讀，起早貪黑地勤奮努力，終於等到了考試的機會。為了出人頭地，改換門庭，他便想進京趕考。在那天，他還做了一個夢，夢見兩山之間有一老虎跳出，咬傷了他的大腿。他請人解釋這個夢兆，那人說，兩個山相疊為「出」字，說明應該出人頭地，這就更加堅定了他進京考試的信心。於是，他就帶了金銀盤纏，辭別了父母，踏上進京的路程。

在他路過五雞山時，在一個風雪交加的夜晚，他被假裝老虎的強盜給打得死去活來，並搶走了他的財物。這時他在土地神的指引下來到一座古廟投宿。在這座破敗不堪的古廟裡，他遇見一位年輕女子。這女子姓王，不幸父母早逝，她一個人靠織麻為生，夜裡便宿在廟中，成了這座破廟的主人。當她得知張協途中遇到強盜，並被打傷搶劫時，非常同情張協的遭遇，便收留了他，並且給他飯食，把自己的舊被也給了他。再說，這山下有一對老夫婦，姓李，他們經常照顧這個女子。一天，李老夫婦來給女子送米時，發現了張協，並且取出一些錢來幫助他們。經過女子的細心照料，張協身體漸漸好轉。後來，他向女子提出結婚的要求。起初，女子很是生氣，但經過李老夫婦的好言相勸，女子終於同意嫁給他。於是，他們結為夫妻，李老夫婦也來祝賀他們。

婚後兩個月，張協一心要進京趕考，但他錢財不多了。妻子知道後，便主動將自己烏黑的頭髮剪下，送給了李婆婆。李婆婆給了她五兩銀子，硬要留她喝酒。她回家後，張協見她喝了酒，且回來得很晚，便不分青紅皂白地舉起柴棒打了她，並罵她：「你這賤人，整天地出去，臉兒又紅，到哪裡吃了酒？」妻子一邊解釋，一邊喊人來救她。李老夫婦來說明了情由，這場風波才算平息了。第二天，張協便啟程了。臨行前，妻子一再叮嚀：「富貴時不要忘了妻子。」張協也對神發下誓願，表示絕不負恩。

張協終於考上了狀元。當時宰相王德用有個女兒叫王勝花，正是青春少女。父母一心想找一個有才有貌的郎君，於是搭起彩樓投絲鞭擇婿。正好投到騎馬路過樓下的狀元張協。誰知張協就是不接絲鞭。宰相質問他，張協卻說自己只為功名不為求妻。這可使宰相大為惱怒，伺機想報復張協。再說，遠在家裡的張協之妻到處打聽丈夫的消息。她買了一份登科記，發現丈夫中了頭名狀元，心裡埋怨他連報個喜訊都沒有，於是決定進京尋夫。

其實，張協心裡早已忘記了前妻的恩情。如今當了官，他怕妻子來找他，便吩咐手下人，如果有村婦來找，不許讓她進來。妻子來找張協，守門人開始不讓進入，可聽說是狀元的妻子，便放進去了。但張協惱羞成怒，竟然將她亂棒打出。善良的妻子回來見到李老夫婦，只是說自己沒找到丈夫。

不久，張協去梓州上任，正好必經五雞山。在路上又遇到了在此採茶的妻子。妻子仍然希望他回心轉意。但張協不但不念舊恩，反而誣陷她在京城罵了自己，拔劍將其砍傷。女子跌入深坑中。張協走後，女子被李老夫婦所救，但她謊稱自己是不慎摔傷的。

也該張協倒霉。宰相王德用自從張協不肯娶自己女兒為妻後，懷恨在心，後來女兒又覺得受到侮辱，終於憂鬱而死。王德用一心想報此仇。聽說張協到梓州上任，便向皇上請求要到梓州做事，於是他與夫人來梓州。在路過五雞山時，在古廟裡發現一女子，相貌與死去的

女兒很相似。老夫妻思女心切，便收此女為義女，並帶她一同到梓州去了。到了梓州，文武官員都來迎接。張協也來求見，但宰相拒絕見張協。張協明白這是因為在京城發生的事情所致。考慮到自己的前途，他決定向王德用請罪。於是，張協請了一個人到宰相那兒，說自己將痛改前非，並表示願娶宰相義女為妻。王德用夫婦這才同意見張協。結婚那天，張協揭開新娘的紅蓋頭，發現竟是自己的前妻。女子當場痛說了張協的忘恩負義，不念舊情，並表示不願與他結婚。但後來經王德用勸解卻原諒了張協，於是兩人和好如初。

這個〈張協狀元〉在我國戲曲發展史上占有極其重要的地位。雖然，在早期的南戲中，描寫這種負心男子的故事很多，但這個戲曲卻別具一格。張協的利慾薰心、陰險狠毒的性格是通過劇情的發展逐漸展開的。開始，他趕考途中遇強盜，因得到女子的救助而向女子求婚，這給我們的印象似乎他還是很善良、至誠的。但兩個月後，女子為了給他湊足錢財而賣掉自己烏黑的頭髮，他卻因為女子回家晚了些而打了她。這就使張協的另一面顯露出來了。張協考中狀元後，宰相想招他為婿，沒有同意，可見他仍然是有些良心的，但在女子進京尋夫時，張協則又一次暴露了忘恩負義的嘴臉，特別他還說出「我要不是在災禍中，怎麼能找你這樣的貧賤女子為妻」的話，說明他已凶相畢露。在五雞山他劍砍女子，真可謂可惡至極。

〈張協狀元〉通過這些戲劇性的情節，漸次為我們刻畫了張協的性格。同時，女子的善良、熱誠、專一的性格也展現在讀者面前，如她進京尋夫受辱而歸，見到李老夫婦卻謊稱沒有找到丈夫；在遭到毒打劍傷之後，她仍然說自己不慎摔入深坑等，都充分表現了她善良的性格。當然，在封建社會裡，女子的地位是低賤的，這樣地對待兇狠的男人，是不值得我們讚賞的。但戲劇往往以鮮明的美醜、善惡來對比刻畫人物，因而這樣更能顯示出張協的無情無義的性格。〈張協狀元〉作為早期南戲，仍有它的許多不足，從中可以看出敘述體說唱文學的痕跡，這也說明宋代的戲劇正在一步一步地走向成熟。

讀故事・學文學

宋代文學故事　下冊

編　　著　范中華
版權策劃　李　鋒

發 行 人　陳滿銘
總 經 理　梁錦興
總 編 輯　陳滿銘
副總編輯　張晏瑞
編 輯 所　萬卷樓圖書(股)公司
排　　版　鄭　薇
封面設計　鄭　薇
印　　刷　百通科技(股)公司

發　　行　昌明文化有限公司
桃園市龜山區中原街32號
電　　話 (02)23216565
傳　　真 (02)23218698
電　　郵 SERVICE@WANJUAN.COM.TW
大陸經銷
廈門外圖臺灣書店有限公司
電　　郵 JKB188@188.COM
香港經銷
香港聯合書刊物流有限公司
電　　話(852)21502100
傳　　真(852)23560735

ISBN 978-986-91874-9-7
2015年11月初版一刷
定價：新臺幣250元

如何購買本書：
1. 劃撥購書，請透過以下帳號
　帳號：15624015
　戶名：萬卷樓圖書股份有限公司
2. 轉帳購書，請透過以下帳戶
　合作金庫銀行古亭分行
　戶名：萬卷樓圖書股份有限公司
　帳號：0877717092596
3. 網路購書，請透過萬卷樓網站
　網址 WWW.WANJUAN.COM.TW
大量購書，請直接聯繫，將有專人為您服務。(02)23216565 分機10

如有缺頁、破損或裝訂錯誤，請寄回更換

國家圖書館出版品預行編目資料

宋代文學故事 / 范中華編著.
-- 初版. -- 桃園市 : 昌明文化出版 ;
臺北市 : 萬卷樓發行, 2015.11
　冊 ;　公分. -- (讀故事.學文學)

ISBN 978-986-91874-9-7(下冊 : 平裝)

857.63　　　　104024668